KB089954

거울 살인

거울 살인

초판 1쇄 인쇄일 2021년 10월 08일
초판 1쇄 발행일 2021년 10월 20일

지은이 천지혜
펴낸이 양옥매
교 정 조준경

펴낸곳 도서출판 책과나무
출판등록 제2012-000376
주소 서울특별시 마포구 방울내로 79 이노빌딩 302호
대표전화 02.372.1537 **팩스** 02.372.1538
이메일 booknamu2007@naver.com
홈페이지 www.booknamu.com
ISBN 979-11-6752-032-6 (03800)

* '거울 살인'은 한국콘텐츠진흥원의 콘텐츠 창의인재동반사업 사업화 지원
  을 받은 프로젝트입니다.

천지혜 장편소설

거울 살인

책과나무

참으로 왁살스러운 초겨울이었다. 사람 하나를 충분히 죽여 버릴 수 있을 정도로.

재건축이 예정된 삼십 몇 년짜리 주공 아파트. 곧 철거될 이 곳은 전쟁이 끝난 뒤 먼지가 이는 마을 같았다. 매서운 철퇴가 달려들어 아파트의 뼈대부터 뒤흔들 곳이다.

오늘은 하늘마저 콘크리트 빛이었다. 이미 낮과 밤의 구분도, 이 세상의 그 어떤 온기도 남아 있지 않았다.

곰 인형, 목욕탕 대야, 빨래 건조대. 누군가의 살뜰한 살림이 었을 물건들이 사람들의 무신경한 발길질에 부랑아처럼 쓸려 다녔다. 곳곳에 '철거'라고 쓰인 붉은 스프레이가 뺨에 찍힌 화 인처럼 낯 뜨거웠다.

초겨울 송곳 같은 바람이 제멋대로 횡행하는 일 층을 지나 낡 은 등뼈 같은 계단을 오르면, 사람 살았을 땐 굳게 닫혀 있었을 현관문들이 바람에 맥없이 파닥대며 쿵쿵 소리를 냈다.

이미 엘리베이터는 작동하지 않았다. 승언은 생전 처음 토슈

즈를 신은 것처럼 위태로운 걸음걸이로 가파른 난간을 산악 로프처럼 부여잡으며 계단을 올랐다.

숫자가 떨어져 나가 접착제의 때로 새겨진 숫자, 9. 여기에 도착하자 드럼 스틱처럼 마른 다리가 절로 후들후들 떨려 왔다. 냉혹한 칼바람이 얇은 옷깃에 머물던 잠시의 온기마저 앗아 갔다.

구백삼 호. 이곳은 한때 승언이 살던 곳이다. 나의 어미 새가 품던 작은 둥지였다.

그녀가 현관문을 열자, 수만 번 이 문을 열며 반복했던 것들이 절로 오버랩된다. 이 집의 안락한 냄새에 취해 두꺼운 외피와 말굽 같은 신을 벗고서 삐그덕 스프링 소리가 나는 침대 위에 사르르 무너졌던 기억이….

엄마와 동생, 셋이 살 땐, 여자들만의 떠들썩한 수다가 떠나지 않던 집이었다. 그 인간이 들어오고 나선, 여자 패는 소음과 비명으로 가득했지만.

애잔한 추억의 향기에 피 냄새가 섞여든다. 바로 이 현관에 핏빛 강물이 흘러들기 시작한다.

빠아앙- 눈앞에 급행열차가 돌진하는 것처럼 살인의 추억이 굉음의 경적을 울리며 다가온다. 기차는 피떡이 된 수퇘지의 사체를 발끝 앞에 쿵, 던져 놓았다.

도저히 견딜 수 없는 존재감이었다. 소스라치게 뒤로 놀라 물러났지만, 쿵 닫힌 현관문이 뒤를 막았다.

'나는 갈 곳이 없다. 나는 죽어야 한다. 나는 죽기 위해 이곳에 왔다. 내 모든 선택의 기회를 없애 버리기 위해. 내게 희망, 그 비스무리한 것도 허락지 않기 위해.'

스물다섯 살. 죽음을 꿈꾸지 않는다면, 더 고운 얼굴이었을 것이다.

살짝 넓은 미간에서 묘하게 신비로운 분위기가 났고, 일부러 다물지 않으면 벌어지는 도톰한 입술에서 조신한 관능이 머물렀다. 화장기 없이도 맑은 피부 톤에 허리까지 내려오는 흑발, 몇 줌 되지 못할 얇은 허리.

그러나 얼굴이 예쁘장하다 해서 운명이 그녀를 용서한 적 없다. 오히려 더한 갈퀴로 그녀의 등줄기에 각진 손톱을 박아 넣었지.

핏기가 쏙 빠진 그녀의 맥없는 모습을, 커다란 현관 거울이 가감 없이 비추어 냈다. 토끼굴같이 조그마한 집에 거울은 어찌나 그렇게 커다란지.

내가 짓는 표정과 거울이 비춘 표정이 달라 보인다. 나는 죽음의 외길로만 가야 할 가련한 아가씨고, 너는 나를 똑 닮은 얼굴로 찾아온 요망한 저승사자다.

그녀는 있는 힘껏 얼굴을 일그러뜨렸다가 다시 괴기스럽게 웃었다. 비록 무섭도록 낯설긴 했지만, 유리 위에 그려진 자화

거울 살인

상은 그 표정을 곧잘 따라 했다.

그녀는 정신 분열증에라도 걸린 것처럼 돌연 비명을 지르며 포효했다. 내 얼굴에 엉겨 붙은 저승사자를 어떻게든 떼어 내려 한 것이다. 허나 거울의 상(想)은 얄밉게 그 몸부림마저 따라 하며 그녀를 조롱했다.

'네가 아무리 몸부림쳐 봐라. 희망이 없는데 어찌 살겠니? 살아갈 이유가 없는데 어찌 살겠니?'

얼어붙은 냉소가 온 정신을 지배한다. 이제는 거울 너머 저승사자의 뜻에 모든 걸 따를 차례였다.

승언은 신발 끈을 하나하나 풀어 올가미와 같은 매듭을 만들었다. 차로 당겨도 풀리지 않을 옹골찬 매듭을.

어느덧 손은 내 것이 아닌 것처럼 열정적으로 움직였다. 죽음과 삶의 생동은 이렇게 동시에 시소질을 하는 것이었다.

이제 이 질긴 신발 끈이 나의 목에 실톱처럼 붉은 금을 낼 것이다. 숨이 끊어지는 마지막 순간을, 이 전면 거울이 생중계할 것이다. 할 수 있는 한 끝까지 노려볼 생각이다. 이것이 내 얼굴의 저승사자에 저항하는 마지막 눈빛이 될 것이다.

그녀는 현관문에 기역자로 달린 꺾쇠에 그 신발 끈을 걸었다. 이제는 내 목을 매달 차례였다.

실은 자살을 생각할 때마다 여러 번 반복했던 시뮬레이션이었다. 긴 끈이나 전선 같은 걸 보아도 이걸 동그랗게 만들어 내 목을 매다는 상상을 했었다.

생을 포기하는 건 그야말로 엄청난 용기가 필요한 일이라 생각했는데, 반복적인 시뮬레이션 때문인지 생각보다 자동적으로 이 일을 해나가고 있었다.

어려운 일이 아니었다. 그냥 희망이란 글자 위에 검은 깜지가 되도록 '절망, 절망, 절망…'을 반복해 쓰면 되는 것이다.

마지막 순간에 그녀는 깨달았다. 저승사자는 타인이 아니었다. 그냥 내가 죽고 싶은 것이었다.

그녀는 드디어 목을 걸었다. 한사코 땅에 붙어살던 두 발이 허공에 부웅 떠올랐다.

목을 거는 순간, 아주 잠깐이지만 살고 싶어지기도 했다. 그러나 이 허공에서 내려올 용기는 없었다. 그것은 곧 남은 삶을 살아 낼 의지였으니까.

어린 시절, 가능한 오래도록 숨을 참아 본 적이 있었다. 스스로의 의지로도 사점(死點)을 넘길 수 있는지가 궁금해서. 당연히 이는 실패로 돌아갔다.

알량하지만 신발 끈 같은 존재, 그러니까 그녀가 포기하려 할 때 더욱 거세게 숨을 끊는 존재가 필요했다. 언제나 발등에 매달려 이리저리 휘둘리며 살던 신발 끈은 이제 그녀의 목살을 얇게 저미면서 생과 사를 가르는 사시미가 되었다.

입새에서는 빠글빠글한 거품이 흘러나왔다. 오장육부가 뒤집어져 꾸륵꾸륵 소리를 냈다.

아까 다짐했던 것처럼 거울 속 나 자신을 끝까지 노려보려 했지만, 뜻대로 되지 않았다. 핏발이 툭툭 터져 흐르는 눈물에 슬픔이 담뿍 담겨 흘렀기 때문이었다.

사점이라 예상했던 순간이 다가왔다. 나도 모르게 발버둥을 치고 있을 거라고는 예상했다. 살아 있는 걸 죽이려 하니, 마지막 본능이 온몸을 비틀며 튀어나온 것이다.

생각보다 몸부림은 격렬했다. 허공에서 꿈틀거리는 그녀의 몸이 시계추처럼 두둥실 좌우로 움직였다.

그러다 그녀의 다리가 현관 거울에 닿았다. 거울은 딱딱하지 않았다. 그 거울은 일순 물컹하게 그녀의 다리를 먹었다. 마치 이곳이 아닌 다른 차원으로 데려가려는 듯했다.

그녀는 낚싯바늘에 걸린 생선처럼 파닥이며 거울에 빨려 들어가지 않기 위해 노력했다. 허나, 댕강댕강 흔들리던 몸은 현관에 쿵 부딪히며 반동을 탔다.

그리고 마치 상어의 벌린 입에 멸치가 빨려 들어가듯, 그녀의 온몸이 거울에 쑥 빨려 들어가 버렸다.

어느새 그녀는 거울 반대편 세상으로 넘어와 목이 걸려 있었다.

순식간에 모든 것의 좌우가 뒤바뀌었다.

왼손 약지에 끼워져 있던 그녀의 반지는 오른 손가락으로. 왼쪽으로 타던 가르마도 오른쪽으로, 왼손의 손목 흉터도, 오른손으로 넘어가 있었다. 그토록 증오하던 세상에 와 버린 것이었다.

증오보다는 본능이 힘이 셌다. 왼손보다는 오른손이 힘이 셌다.

버둥거리던 그녀의 오른손이 목을 매단 신발 끈을 잡아챘고, 그 악력까지 버틸 수 없던 신발 끈은 수명을 다했다는 듯 툭 끊어져 버리고 말았다. 마치 지옥의 소리를 연주하던 가야금의 현이 퉁 끊긴 듯했다.

갑작스레 그녀의 몸이 딱딱한 바닥으로 내던져졌다. 왈칵왈칵 전신을 뒤흔드는 기침과 폐를 짜내는 듯한 거친 숨이 목을 통과하는 걸 보니, 아직 숨이 붙은 게다. 살아나 버린 것이다.

그러나 거울에 비친 모습은 그와 달랐다. 거울은 지금 이 현실이 아닌, 다른 생을 비추고 있었다.

거기에선 왼손으로 신발 끈을 끊어 내지 못한 그녀가 꼴딱꼴딱 사점을 넘기고 있었다. 파르라니 부풀어 오른 얼굴에 마지막 생기가 가셨다. 미친 듯이 버둥거리던 손과 발에 힘이 사르륵 빠졌다.

커다란 나무토막을 매단 듯한 신발 끈 추가 커다란 동그라미를 그리며 흔들리다가 곧 작은 점을 찍었다. 미동마저 사라진 자신의 모습을 보는 건 볼수록 괴이했다.

나는 시신(屍身)이 된 것이다. 거울은 죽음을 중계하는 거대한 CCTV 화면이자, 나의 교살자였다.

죽은 내 몸을 볼 수 있는 시간은 길지 않았다. 마치 연극 무대가 끝난 듯, 거울 저편을 비추고 있던 조명이 툭 꺼졌다. 저쪽에서의 삶이 완전히 끝나 버렸다는 걸 암시했다.

이제 거울은 어둠을 비춰 내는 검은 유리에 불과했다. 죽다 살아난 그녀의 펄떡이는 숨만이 이 공간을 가득 메웠다.

승언에겐, 그녀가 선택하지 않은 길을 보여 주는 창이 있다.

거울, 내 삶의 반사경.

가능하다면 모조리 밟아 짓이겨 가루로 만들어 버리고 싶은.

●

절박한 순간엔 그 어느 것이라도 붙잡고 싶어진다.
그것이 거울을 통해 다른 세상으로 이동하는
말도 안 되는 일이라 하더라도….

●

1년 전.

서이동은 서울이라 말하기 곤란하다.

승언의 기억 속에 서이동은 언제나 희뿌연 모래 빛깔이었다. 때를 잊은 황사가 언제나 공기 중에 부유했고, 그 맛은 텁텁했다.

외양은 경기도의 잘나가는 도시보다 더 후진데, 간신히 서울이라는 행정 구역에 버티고 들어와 수도라는 탈을 쓰고 있는 것 같다. 그 아슬아슬한 모습이 마치 내몰리기 직전, 승언의 가족과 닮아 있었다.

철거 예정인 이 주공 아파트에 아직 계약 기간이 남은 세입자들이 작은 생동을 지키고 있을 때였다. 지방으로 대학을 다니던 그녀가 간만에 집으로 돌아왔다.

이제 승언의 나이 스물네 살. 앳된 얼굴에 불룩한 배가 부조화스러웠다. 볼이 통통한 그녀는 팔 개월짜리 아기를 품고 있는 임산부였다.

그녀를 아직 여고생쯤으로 보고 있는 이웃이나 목욕탕 아줌마가 불쑥 나타나 말을 걸까 봐 겁이 났다. 아직 스스로를 미혼모라 부를 준비도 되지 않았는데 주변에서 먼저 호들갑을 떨까봐. 그 시선이 어떻든 무슨 말을 하든, 지금은 뻣뻣하게 고개를들고 다니는 것마저 죄스러웠다.

터벅터벅-

어느새 낡은 보도블록을 따라 교복을 입은 단발머리 여고생이 다가왔다. 쌍꺼풀 없는 도톰한 눈에 맑은 볼우물. 순하게 내려앉은 눈꼬리와 찰랑이는 단발.

제언이었다. 꽤 터울이 지는 내 여동생.

서로를 알아본 두 자매의 얼굴에 해사한 미소가 스쳤다.

"언니! 학기 중에 집에 웬일이야? 지금 서울 올라왔어?"

"엄마한테 얘기 못 들었구나."

승언의 고개가 무거워지자, 제언은 머뭇거리다가 답했다.

"들었어."

엄마는 이 소식을 어떻게 제언에게 전했을까. 아마 축복과 환희는 없었을 것이다. 뜬금없고 황당했겠지. 그녀가 처음으로임테기의 두 줄을 보았을 때처럼, 엄마 역시 바람 빠진 빈 소리로 말했을 것이다.

'느네 언니 임신했대, 올해면 나온댄다.'

"이제 우리 집에 애기 생기는 거야? 아가야, 얼른 나와서 이모 보자."

제언은 더욱 맑은 목소리로 말했다. 열여덟 나이에서 뿜어져 나오는 특유의 낙천과 싱그러움이 승언에겐 조금 위로가 되었다.

기숙사에서 인터넷 쇼핑몰 장바구니에 옷을 주워 담는 게 취미였던 지방대 여대생 승언에게, 배 속에 뜨끈뜨끈한 태동이 느껴지면서 처음으로 모성이란 게 생겼다.

"감귤이, 태명."

스스로도 제어할 수 없던 엄청난 감정 기복에서도, 기숙사 화장실, 룸메이트 모르게 밤새 소리 죽여 입덧하던 그 시간에도, 아이를 지워야겠다는 생각은 하지 못했다.

그녀는 어느새, 부른 배에 대고 이런저런 말을 걸며 넋두리를 하는 자신을 발견했다.

"조카 빨리 보는 게 꿈이었는데, 진짜 잘됐다."

제언은 주먹으로 감귤의 크기를 재어 보는 듯 주먹을 오므렸다 폈다. 감귤이라기엔 남산만 한 배였지만, 제언은 이마저 너무 귀엽고 기대된다는 반응이었다.

"나 이제 클났다. 애 키우면서 어떻게 졸업하지?"

점점 부풀어 오르는 배를 껴안고 밤마다 철철 울며 고민하던 테마였지만, 승언은 아무렇지 않은 듯이 말을 뱉었다.

16 거울 살인

자신의 진짜 속마음과 입 밖으로 나온 말 사이에 두꺼운 커튼이 드리워진 듯했다. 어두운 속내를 감추는 새하얀 암막 커튼이.

"감귤이 걸음마 뗄 때쯤, 복학하면 되지. 아니다, 내가 키울까? 나 아예 유아 교육과 갈까?"

제언 역시 푸르른 말로 커튼을 쳤다. 무심코 그녀가 단발머리를 뒤로 넘기지 않았더라면 승언은 그 푸른 커튼을 믿었을지 모른다.

"너 이거 뭐야?"

제언의 이마엔 렌치에 얻어맞은 듯, 끔찍하게 일그러진 상처가 나 있었다. 파인 생살에 우둘투둘 겹겹이 붙어 있는 딱지에 승언의 가슴이 철렁했다.

제언의 커튼 뒤에 가려져 있던 건 오래된 핏자국이었다. 그녀의 맑은 웃음은 눈물이 담긴 어항의 고요한 수면이었다.

"그 인간, 집에 있어?"

승언의 눈앞에 돼지우리의 이미지가 스쳤다. 뒤룩뒤룩, 몸도 가누지 못할 만큼 살이 찐 돼지가 자기가 싼 똥에 뒹굴며 썩은 내를 풍기는 모습이.

"언젠 집에 안 있었나."

"아직 엄마한테도 그래?"

제언의 침묵은 긍정이었다. 순간, 흉벽이 확 좁아지며 숨이 턱 막혀 왔다. 엄마의 몸에도 이런 흉터가 있다 생각하면, 세상 모든 지면이 비탈길이 되는 것 같았다.

"그냥 확 신고하라니까. 어휴, 속상해."

"난 좋아, 언니라도 멀리 살아서."

폭력은 생각보다 쉽게 체념된다.

자기의 사소한 잘못을 트집 잡아 무자비한 폭행이 돌아오면 '내가 잘못해서 그런 거겠지.' 하고 넘기게 되는 것이다. 갈 곳 없는 사춘기엔 더더욱 그랬다.

같은 시기를 먼저 지나온 승언 역시 그 눈물을 일기장에만 짜 낼 뿐, 감히 의붓아버지를 신고할 생각은 전혀 하지 못했었다.

그러기엔 그 남자는 너무 끔찍하고 너무 무서웠으니까. 건드리면 건드릴수록 더더욱 흉악하게 패악을 부려 대는 남자였으니까.

"이거 보면 또 뭐라 그럴까?"

승언은 제 주먹을 바삭하게 쥐었다. 자신의 부른 배를 보면 또 얼마나 열과 성을 다해 행패를 부릴까.

생각만 해도 머리털이 곤두서며 두피에서부터 얼얼한 아픔 이 몰려왔다. 사춘기 시절 내내, 그 남자에게 머리채를 잡혀 왔던 그녀였다.

"지금 잘 거야. 신경 안 쓰이게만 잘 있으면 돼."

제언은 승언을 다독였다.

"나랑 엄마 올 때까지만 조용히 있어."

"알았어."

"나 학원 다녀올게."

제언은 앞머리를 꼼꼼히 내려 흉터를 가렸다. 다시 푸른 커튼을 내린 것이었다.

어느 보습학원, 낙서 가득한 책상에 앉아 물색없이 떠드는 여고생 사이에서 이마의 저 흉터를 혼자 감추고 있을 제언을 생각하면 속이 아프게 문드러졌다.

가, 가, 하면서 제언은 언니에게 미소까지 지어 주었다.

쓴 미소라는 건 이렇게나 슬픈 것이었나. 끝끝내 나를 안심시키려, 제 속 챙기지도 못한 채 웃어 주는 저 미소가.

저벅저벅, 잔뜩 학대당한 강아지 꼴을 하고 사라지는 제언을 뒤로하고 승언은 회백색의 아파트에 올랐다.

뻘에 발이 빠진 듯, 걸음이 편치가 않았다. 뒤뚱뒤뚱, 가느다란 팔다리는 아직 부푼 배를 감당할 준비가 덜 된 듯했다.

구 층, 복도식 아파트에 스산한 바람이 스쳤다. 욱신, 배에서 먼 통증이 일었다.

나중에 생각해 보면 태아가 발버둥을 치며 말리는 것이었다. 미친 운명의 아가리 안으로 겁도 없이 걸음하고 있는 그녀를.

삐그덕-

현관문을 열자 사람 사는 집에서 나는 것 같지 않은 쓰레기장의 악취가 코를 찔렀다.

치우지 않아 찐득해진 탕수육 국물. 까맣게 말라붙은 짜장면 빈 그릇, 인스턴트 음식물 찌꺼기와 아무렇게나 널브러진 포장지.

승언의 상상은 빗나가지 않았다. 자기가 누운 장소만 빼고 모두 다 소름 끼치게 더러웠다. 내 어미 새가 머물던 따뜻한 둥지는, 썩은 내가 풍기는 돼지우리로 변해 있었던 것이다.

김용순, 그와 눈이 마주쳤다. 잔뜩 늘어난 러닝셔츠에 누런 때가 탄 하늘색 트렁크, 돼지같이 늘어진 살과 보기 싫은 검은 털.

승언이 집 안으로 들어섰을 때, 용순은 골뱅이 통조림의 뚜껑을 따고 있었다.

"아얏!"

무심코 고개를 돌리던 그는 캔 뚜껑의 날카로운 단면에 손가락 사이를 베고 말았다. 이게 다 갑자기 등장한 네년 때문이라는 듯, 그의 눈이 희번득해졌다.

"왔어요."

바닥에 피를 뚝뚝 흘리던 그의 시선이 닿은 곳은, 동그란 언덕이 생긴 그녀의 배였다.

"홍승언, 너 일로 와 봐."

그의 또렷한 발음에 입안이 바싹 말라 왔다. 악취를 피하려

거울 살인

코로 숨 쉬는 걸 자제했는데, 때문인지 기립성 빈혈이 온 것처럼 머리가 어질해진다.

"누구 애냐?"

앞에 앉은 승언에게 용순이 거친 목소리로 물었다. 벌어진 손의 상처가 그의 화를 돋우고 있는 듯했다.

승언이 우물쭈물 대답하지 못하자, 그의 분노는 순식간에 임계점에 도달했다.

"누구 앤지도 몰라?"

한때 그도 카센터를 운영하며 사람답게 살았던 적이 있었다고 했다. 승언의 엄마가 새 결혼을 할 때만 해도 그는 애 둘 딸린 여자와 결혼해 준, 고마운 노총각이었다.

꽤나 번듯한 척하던 이 남자는 사업 실패, 재기 실패, 이길 수 없는 빚에 추락해 곤죽이 되었다. 그보다 먼저 곤두박질친 건 인성이었다.

자기혐오에 빠진 그는 그 부글거리는 화를 주체할 수가 없어 인터넷 댓글 창마다 입에 담을 수 없는 악플을 남겼고, 게임 프로를 보며 폭언했으며, 세 모녀를 향해 주먹을 휘둘렀다.

여자를 치는 순간부터 그는 진정 개돼지만도 못한 놈이었다. 인간이기를 포기한 개새끼, 게걸스러운 식탐만 남은 돼지 새끼.

"딸년 하는 짓이나, 니네 엄마 하는 짓이나. 엄한 데 가서 애 배 오는 건 유전이냐?"

그는 곽휴지를 구겨 들고 모서리로 승언의 머리를 쳤다.

머리를 맞으니 바로 눈물이 울컥 차올랐다. 숨 쉴 수 없는 모멸감도 함께였다.

"근본이라고는, 없어 가지고. 누구 애냐고!"

"나, 남자 친구요."

"그 자식 뭐하는데."

"곧 전역해요."

"가지가지 하네. 몸 함부로 굴리라고 거까지 대학 보내 놓은 줄 알아? 니 앞으로 돈이 얼마씩 들어가는지 알아?"

"새아빠가 보태 준 거… 아니잖아요."

잘 나오지도 않는 목소리에 나름의 반항기를 담았다.

곧이어 구겨진 휴지 갑이 그녀의 얼굴을 정통으로 후려쳐, 그녀의 고개가 공중에 뜬 제기처럼 휘이익 날아갔다.

"니 엄마 돈이 다 얼루 가, 어?"

그는 거친 숨을 식식거리며 자리에서 일어났다.

"너 오늘 아주 사단 나야 정신 차리지? 다 데리고 와! 니 엄마 어딨어? 어디서 딸년을 천박하게 가르쳐 가지고."

곧 도끼처럼 섬뜩한 말이 이어졌다.

"너 내일이면 애 뗄 준비해."

그녀는 본능적으로 손으로 배를 감쌌다.

미친 수퇘지가 태어나지도 않은 내 아기에게까지 이빨을 박아 넣으려 하고 있었다. 우지끈 툭툭, 그녀의 양 귀에선 이성의 조각들이 나무젓가락처럼 부러지는 소리가 났다.

용순은 주변을 휘휘 둘러보다가 탕수육 그릇 밑에 끼어 있던 휴대폰을 찾아내 어디론가 전화를 걸었다. 만만한 게 제언이었다.

"홍제언, 너 당장 집으로 와. 오늘 아주 사단을…. 넌 어디서 눈을 치켜떠?"

울컥하게 올려다보는 승언의 눈빛에 용순이 휴대폰을 던지고 그녀의 머리채를 잡아 휘어 감았다.

'언니, 언니…!'

애타는 제언의 수화음 소리가 내쳐진 휴대폰과 함께 바닥에서 빙글빙글 돌았다.

"왜, 오늘 띠어 줘? 내가 이런 거 한두 번 해 보는 것 같지?"

용순의 눈에선 철커덩 이성의 문이 닫히고, 분노의 불길이 솟구쳤다. 자기보다 약해 보이는 상대가 나타나면 더욱 악랄해지는 그였다.

임산부가 된 승언의 모습이 그에게는 씹고 뜯어야 할 개껌처럼 보였는지도 몰랐다. 그는 복날 개 타작을 하듯, 승언의 배를 발로 차기 시작했다.

"꺄악, 흐윽…!"

그녀가 둥그렇게 몸을 말아 등을 보여도 소용없었다.

얼떨결에 임신을 하긴 했지만 그녀 역시 엄마였다. 복중 태아에게 직접적으로 가해지는 위협에 그녀는 축구 선수처럼 뻥뻥 휘둘러 대는 용순의 발목을 끈질기게 붙잡고 늘어졌다.

균형을 잃고 기우뚱하던 그가 간신히 발을 빼냈다. 분노는 한층 더 격해진 상태였다.

"이년이 미쳤나."

배를 향한 발길질은 군홧발처럼 무자비했다. 망나니처럼 날뛰는 그는 이미 인간이 아닌 괴물이었다.

햄버거 포장지 위에서 뒹굴던 그녀는 벽을 짚고 자리에서 일어나 그의 어깨를 밀쳤다. 시뻘겋게 달아오른 그는 꿈쩍도 하지 않은 채 그녀의 멱살을 잡아챘다.

비틀거리는 용순과 승언의 몸이 현관 거울이 쾅, 부딪혀 넘어졌다.

그의 눈에선 광기(光氣)가 번뜩였다. 그는 불독처럼 침을 줄줄 흘리며 불룩한 그녀의 배 위에 앉아 가녀린 목을 졸랐다.

그녀의 몸부림에 빈 신발짝들이 나뒹굴었다. 잠시지만 거울 속의 나와 눈이 마주쳤다.

그때 내가 살려 달라고 SOS 신호를 보냈을까? 나와 함께 목이 졸리고 있는 거울 너머의 그녀에게?

숨이 막혔다. 질식의 공포보다 두려운 것은, 배에서 통증이 올라온다는 것이었다. 돼지 같은 그의 체중을 조그만 아가가 버텨 낼 리 만무했다.

사력을 다해 벗어나려 발버둥 쳤지만, 그의 아귀힘은 점점 더 거세어지고만 있었다.

백정 같은 그의 손아귀에 이대로 나의 감귤이를 죽게 할 수는 없었다. 손에 잡히는 걸 찾던 그녀의 오른손에 빈 소주병이 닿았다. 그녀는 그대로 그의 뒤통수에 병을 후려쳤다.

탐욕스럽던 그의 눈이 한 바퀴 빙그르 돌았다. 그러나 목과 배를 압박하는 집착적인 힘은 멈추지 않았다.

점점 더 숨이 막혀 오며 배에서 거센 통증이 올라왔다. 그녀는 자신도 모르게 깨진 유리병 조각 중 가장 뾰족한 것을 집어 들었다. 오직 살아야겠다는 그 생각 하나에 승언은 그 조각을 용순의 가슴에 찔러 넣었다.

"꿰니이익-!"

아파트 안에 돼지 멱따는 소리가 울려 퍼졌다.

그의 아귀힘이 풀리자 승언은 유리 조각을 더욱 깊이 박아 넣었다.

배 위를 누르는 체중에 점점 더 무게가 실려, 승언은 사력을 다해 버둥거리며 그에게서 벗어났다. 다시 돌아보니 유리 조각은 정확히 그의 심장에 박혀 있었다.

놀란 승언이 화들짝 뒤로 물러났지만, 차가운 현관문이 그녀의 등을 막았다.

용순의 얼굴은 한참 끓인 토마토처럼 벌겋게 부풀어 올랐다. 눈에선 실핏줄이 툭툭 터져 피눈물이 흘렀다. 김용순이라는 시한폭탄이 곧 터질 것만 같았다.

그는 마지막 힘을 내어 자신의 가슴에 박혀 있던 유리 조각을 뺐다. 그 유리 조각이 향하는 방향을 승언은 알고 있었다. 그걸로 내 배를 가를 것이다. 그리하여 내 아기를 살해할 것이다.

"으아!"

그가 불길에 휩싸인 시뻘건 괴물처럼 달려들었다가, 욱욱 피가 콸콸콸 쏟아지는 제 몸을 다시 본다.

"으으으윽….."

그의 육중한 몸이 그녀의 앞에 콰당 쓰러지자, 승언은 기겁하며 허겁지겁 앉은 뒷걸음질로 구석에 몸을 웅크렸다.

엎드린 그의 가슴에선 선혈이 콸콸콸 쏟아져 나왔다. 마지막 힘을 짜내 그녀를 덮치려던 용순이 결국 쓰러져버리고 만 것이다.

기이한 적막이 내려앉았다. 방금 전의 괴성과 난투는 홀연히 사라지고 없었다.

들려오는 건 꿀떡꿀떡, 붉은 핏덩어리가 쏟아지는 소리와 그녀의 가슴에 요동치는 심장 소리뿐이었다. 쿵쾅쿵쾅, 그 세찬 진동이 피로 얼룩진 토끼굴을 메우고 있었다.

"악, 악… 정신 차려요."

어느새 붉었던 용순의 얼굴이 푸르뎅뎅하게 식어 가고 있었다.

겨울 살인

"제발, 제발…!"

그의 등을 흔들자 가슴께에서 흘러나온 피가 줄줄 새어 현관 문 틈새로 빠져나가려 하기 시작했다. 놀란 승언은 현관의 발 깔개를 끌어다 새어 나가는 피를 막았다.

그는 이미 도살당한 돼지고기가 된 것이다.

김용순이 죽었다. 내가 사람을 죽였다.

그제야 일어나 주변을 돌아보니, 이곳은 그야말로 살인의 현장이었다. 여기저기 묻어 있는 핏자국, 치열한 몸싸움의 흔적, 흉기로 쓰인 유리 조각, 떡하니 놓인 시체까지.

도저히 수습되지 않는 상황이었다. 전신을 쥐어짜는 소름에 온몸이 바들바들 떨렸다.

패닉에 빠진 승언의 모습을 커다란 현관 거울이 비추고 있었다. 마치 처음부터 모든 것을 보고 있었다는 듯이.

악마 같던 김용순보다 더욱 섬뜩한 건, 살인을 저지른 내 얼굴과 손이었다.

"꺄아아-!"

승언은 자기도 모르게 비명을 지르며, 거울에서 물러났다.

저게 내 모습일 리 없다. 피투성이 살인자가 바로 저기 있다. 의붓아버지를 살해한 패륜아, 그게 바로 나였다. 거울을 깨부수고 싶을 만큼 끔찍하고 두려운 모습이었다.

그런데…!

놀랍게도 거울에서 소리가 났다. 왼쪽 거울에서 나는 소리는 다름 아닌 용순의 신음 소리였다.

"살아 있는 거야?"

믿을 수 없지만, 거울 속 용순은 살아 있었다.

현실의 용순과 똑같이 엎드려 있는 자세였지만 저쪽에서는 등을 들썩이며 기침을 하고 있었다. 숨이 붙어 있는 것이었다.

승언은 너무 놀라 왼편 거울의 용순과 오른편 현실의 용순을 번갈아 가면서 보았다. 역시나, 현실의 용순은 아무런 미동이 없었다. 움직이는 건 거울 속에서만이었다.

그녀가 홀린 듯 거울 앞에 다가가 그 표면에 손을 대 보자, 믿을 수 없는 일이 일어났다.

출렁출렁.

그 터치에 마치 수면처럼 파동이 일어난 것이다. 파동은 거울 전체에 퍼지다가 잠잠해졌다.

"이게 뭐야?"

내가 잘못 본 것인가? 지금 살인의 충격에 헛것을 보는 것인가?

승언이 다시 한 번 손가락을 대어 보자, 이번엔 더 깊이 손이 들어갔다. 놀란 그녀가 손을 떼고 뒷걸음질 치다 김용순의 머리카락을 밟았다. 화들짝 몸을 움츠리던 그녀가 중심을 잃었다.

2

쓰러진 곳은 거울 쪽이었다.

놀랍게도, 그녀는 그만 거울에 풍덩 빠지고 말았다. 순간 차가운 젤리가 온몸을 휘감는 것 같았다. 생전 처음 느껴 보는 낯선 차가움이었다.

이 세상에서 겪어 본 적 없는 오한이 그녀의 몸을 강타했다. 물에 빠진 듯 온몸이 적셔졌으나, 젖은 것은 아니었다.

매섭게 다가온 초겨울 칼바람처럼 살이 시렸지만, 이곳은 공기로 채워진 게 아니었다. 투명하고 말캉한 반사 물질 사이를 유영하는 듯했지만 이건 물도 공기도 젤리도 아니었다.

누군가의 날카로운 살기 같기도 하고, 엄마 배 속에 있다가 처음 만나는 이 세상의 냉기 같기도 했다.

그녀는 곧 깨달았다. 이건 거울을 만졌을 때의 온도다. 다만 그 차가움이 전신에 닿았을 뿐이다.

그리고 승언은 너무나 아무렇지도 않게 거울 건너편 세상에

던져졌다. 이곳은 새로운 세계가 아니었다. 그냥, 좌우가 뒤바뀐 현실이었다.

모든 게 그대로였다. 훅 끼치는 피 냄새도, 고개를 숙이면 발이 보이지 않는 불룩한 배도, 피 묻은 내 손도….

다만 달라진 건, 좌우가 모두 뒤바뀌어 있다는 사실이었다. 이 세계의 통로가 되었던 거울은 이제 오른쪽에 있었다.

왼쪽으로 넘겼던 가르마가 순식간에 넘어왔다. 평생 오른손잡이로 살았는데 지금은 왼손잡이가 된 것 같았다.

집 안의 배치 역시 데칼코마니가 되어 옆집에 온 것 같기도 했다. 벽에 걸린 달력의 좌우 대칭이 바뀌어 있다. 거기에 쓰여 있는 글씨도 마찬가지였다.

승언은 믿을 수 없다는 듯 좌우를 계속해서 둘러보았다.

"이게, 어떻게?"

거울에 비친 자신의 놀란 얼굴은 변함없이 똑같았다.

다만 다른 것은 그것 하나. 저쪽의 김용순은 죽어 있고, 여기서 김용순은 살아 있다는 것이다.

쌔액쌔액- 그는 간헐적으로 숨을 뱉고 있었다.

그녀는 그의 코에 손가락을 대어 생사를 다시 한 번 확인했다.

"살아 있어, 살아 있어."

확실했다.

심지어 그는 몸을 뒤척이며 엎드려 있던 몸을 뒤집었다. 가슴에 유리 조각의 좌상이 난 것은 같았으나, 좌우가 뒤바뀌어 있었다.

이쪽 세상이라고 해서 심장의 위치까지 바뀐 건 아닌 듯했다. 원래는 그녀가 정확히 심장을 찔러 분수와 같은 피가 쏟아져 나왔다면, 여기에선 반대편 가슴을 찔러 많은 출혈을 면할 수 있었던 것이다.

이것이 그가 거울 왼편의 세상에서 목숨을 부지할 수 있던 이유였다.

절박한 순간엔 그 어느 것이라도 붙잡고 싶어진다. 그것이 거울을 통해서 다른 세상으로 이동하는 말도 안 되는 일이라 하더라도, 승언은 이 현실을 붙잡아야만 했다.

거울 우편과 좌편, 두 개의 차원에서 시간은 평행으로 흐르고 있었다. 그곳에서 흐르는 시간만큼 이곳의 시간도 똑같이 지났다.

그녀는 동시에 흐르는 시간을 거울을 통해 타고 넘어 또 다른 경우의 수에 도달한 것이었다. 이곳 세상에서 그녀는 적어도 사람을 죽이지는 않았다.

"살아 있으면 됐어, 그래."

말이 되든 안 되든 상관없었다.

"살인보단 살인 미수가 낫겠지."

지금껏 너무 놀라 멈춰 있던 울음이 왈칵 터져 나왔다.

그땐 이 거울의 세상이 신이 주신 기회라고 생각했다. 그녀가 실수하지 않은 세상에서 또 다른 삶을 살아 볼 기회.

이때, 바닥에 쓰러져 있던 용순이 그녀를 향해 독기 어린 눈빛을 떴다. 심지어 이제 그는 말까지 할 수 있었다.

"이년이 감히 날 찔러?"

크릉크릉, 잇새로 붉은 피를 토해 내면서도 그의 살기는 멈추지 않았다.

그의 모든 것이 끔찍했지만 가장 끔찍한 것이 그의 시체였다. 그래도 살아 있는 것이 다행이다. 이제는 그가 죽어선 안 된다.

그녀는 바들바들 떨리는 손끝으로 119에 전화했다. 어떻게든 침착하게 말하려 했지만 뜻대로 되었는지는 알 수 없었다.

"저기, 사람이 다쳤어요."

이미 목소리부터가 하얗게 질려 있었으니까.

그 시각, 아파트 일 층.

학원에 있었던 제언은 총총한 걸음으로 집에 다시 돌아오고 있었다. 아까 용순의 섬뜩했던 전화를 받고 승언과 아기가 다칠까 하여 발걸음을 돌린 것이다.

구 층 복도에 도착하니, 자기 집 현관 문틈 새로 무언가가 흘러나오고 있었다. 의아하게 다가가 보니 그것은 놀랍게도 농도 짙은 붉은 피였다. 불길한 예감의 바늘이 세차게 흔들렸다.

벌컥 현관문을 연 제언의 눈에 가장 먼저 들어온 건, 바닥에 붙어 꿈틀대고 있는 용순의 머리였다. 그의 가슴 벌어진 틈에서 나온 피가 타일 메지를 타고 흘러 복도까지 흐른 것이었다.

제언은 바로 상황을 알아차렸다. 이는 그녀가 평소 겪던 일의 하드코어 버전일 것이다. 제언 역시 무자비한 발길질을 받으며 여러 번 반격을 상상했었다.

상대의 가장 약한 부분을 공격하는 비겁한 그가 언니의 태아에게 위협을 가했을 것이고, 언니는 본능적으로 이를 막아 낸 것이다.

승언의 설명을 듣지 않아도, 제언은 그 상황을 충분히 상상할 수 있었다.

"언니."

"제언아, 왜 다시 왔어."

119에 전화하느라 거실에 있던 승언이 후들후들 떨리는 무릎으로 일어섰다. 지금 여기에 제언이 나타날 줄은 전혀 생각도 하질 못했다.

"넌 아무것도 못 봤어. 다시 학원 가. 돌아가."

그녀는 혼비백산, 제언에게 이곳에서 나가라 손짓했다.

여기는 살인 미수의 현장이다. 우리 제언이가 절대 엮여서는 안 된다. 제언은 이곳을 떠나야 한다.

그런데, 어느새 피를 모두 토한 용순이 자리에서 일어나려 하고 있었다.

"니 애 살린다고 날 찔렀냐?"

그의 목에선 잔뜩 긁힌 쇳소리가 났다.

"꼴랑 그 배에 든 것도 애라고?"

그는 사력을 다해 몸을 일으켰다. 핏발 선 눈에선 인두 지질 때와 같은 붉은빛이 이글거렸다.

"오냐, 니 애부터 죽여 주마."

용순은 자신을 찔렀던 유리 조각을 들고 투우장의 황소처럼 달려들었다. 그가 노리는 건 승언의 배였다.

몸을 웅크렸지만, 반격할 용기는 없었다. 아까 반격을 하려다 그를 죽여 버렸으므로.

그런데, 그렇게 달려드는 수퇘지의 러닝셔츠를 누군가 잡아챘다.

제언이었다. 언니의 임신 소식에 더 기뻐하던 그녀였다. 그가 태아를 공격하려 하자, 그만 이성을 잃고 덤빈 것이었다.

이미 가슴의 좌상을 입은 용순은 그녀의 억센 손길에 뎅강 허물어졌다.

용순의 위에 올라탄 제언은 있는 힘껏 그의 목을 졸랐다. 그녀는 자기가 무얼 하고 있는지 스스로 알지 못했다. 머릿속엔 오로지 아가를 살려야겠다는 생각뿐.

그녀의 오른손에 감겨 있던 목반지가, 지금은 왼손에 감겨 있

거울 살인

었다. 그 목반지가 용순의 목에 돌이킬 수 없는 상흔을 남기고 있을 줄은, 생각도 하지 못한 제언이다.

또한 그 목반지 자국이 제 발목을 잡을 줄은.

유리 조각을 든 그의 손이 아직도 승언의 배를 향해 버둥거리고 있었다. 아직도 아기를 노리고 있는 것이었다.

그럴수록 제언의 손엔 더 강한 힘이 들어갔다. 스스로도 제어되지 않는 강력한 추동이었다.

"제발, 우리 좀 가만히 놔둬!"

"악, 제언아. 뭐하는 거야. 멈춰!"

내가 당하는 건 몰라도 언니와 아기를 건드리는 건 용서할 수 없었다.

그간 용순의 폭력을 낱낱이 몸으로 겪었던 이가 바로 제언이었다. 그녀의 분노는 승언보다도 폭발적이었다.

목 졸린 용순의 얼굴이 독 오른 개구리처럼 부풀어 올랐다. 그의 가슴에선 울컥울컥 계속해서 피가 흘러나왔다.

"이러다 사람 죽어…!"

승언은 그에게 달라붙은 제언을 떼어 내려 했지만 동생의 악력은 만만치가 않았다. 이거 놔주면, 김용순이 좀비처럼 벌떡 일어나 끝끝내 복중 태아를 죽이고 말 거라 생각한 모양이었다.

어느 순간, 온몸에 우둘투둘한 소름이 돋아났다. 이미 방금 전, 사람의 죽음을 경험해 보았던 승언이었다. 딱 그 느낌이 든다.

제발…! 아까의 실수가 반복되어서는 안 된다. 제언을 말려야만 한다. 승언은 제언의 등을 잡고 필사적으로 그녀를 떼어 냈다.

그 당기는 힘에 자매가 뒤로 한 바퀴 굴렀을 때, 다시 그들을 덮친 건 기이한 고요함이었다. 이 고요함에 대해서 승언은 한 번 경험한 바 있었다.

한참 몸싸움을 하던 두 자매 입에선 거친 숨이 끊임없이 토해져 나왔지만, 김용순은 조용했다. 아무런 미동도 없었다.

심장이 다시 한 번 철렁 내려앉았다.

'설마, 설마, 설마….'

승언은 아까처럼 김용순의 코앞에 손을 대 보았지만 그에게 선 아무런 숨결이 느껴지지가 않았다. 부들부들 떨리고 있는 건, 오로지 그녀의 손끝이었다.

김용순의 숨이, 끊어진 것이다. 이번엔 질식사로. 도저히 믿어지지가 않았다.

"어쩌자고 그랬어!"

승언에게서 쉰 소리가 훅, 튀어나와 버리고 말았다.

"어쩌자고, 어쩌자고… 흐흑…."

그녀의 마지막 말은 흐느낌으로 뭉개지고 말았다.

거울 오른편의 세상이나 왼편의 세상이나, 결론은 똑같았다. 김용순이 죽었다는 것.

허나 달라진 건, 이제 그녀가 아닌 제언이 살인자라는 것이
었다.

'안 돼, 그게 무슨 말이야? 제언이가 살인자라니….'

원래 김용순을 죽인 건 나다. 제언이 살인자가 되게 할 수는
없었다.

"제언아, 지금이라도 다시 학원 가. 가서 출석 도장 찍어. 빨리."

승언은 숨이 끊긴 용순에게서 눈을 떼지 못하며 허겁지겁 손
으로 제언의 가방을 찾았다. 그러고는 가방을 품에 안겨 현관
쪽으로 제언을 떠밀었다.

제언이 여기에 엮이게 해서는 안 된다.

그러나 제언은 승언보다도 훨씬 더 차분했다.

"언닌, 감귤이 키워야지."

제언이 정신 차리라는 듯 승언을 흔들자, 승언의 손끝에서 힘
이 쭉 빠져나갔다.

"너 이대로면 어떻게 되는지 알아? 알고 말하는 거야?"

"알고 말하는 거야. 미성년자니까 선처가 되겠지."

제언은 침착하게 입술을 굳게 다물었다.

"이거 내가 죽인 건데, 방금 전까지, 그러니까 원래 내가…!"

마구 횡설수설하는 승언은 자기가 지금 무슨 말을 뱉고 있는
지도 몰랐다.

그런 승언에게 제언은 날카롭게 소리쳤다.

"언니!"

"…제언아!"

"우리 셋 중 둘만 살리자."

셋 중 둘?!

제언의 그 말은 승언과 태아를 살리자는 말이었다.

승언은 황망한 얼굴로 쓰러진 용순을 내려다보았다. 현관의 거울에 비친 모습을 보니 마치 데칼코마니 같았다. 오른편의 세상과 똑같은 자세로 용순이 누워 있던 것이었다.

사인은 상관없다. 과정 역시 상관없다. 일어날 일은 결국 운명처럼 벌어지고 마는 것이다. 사건의 인과 관계와 누가 했느냐가 바뀔 뿐. 그가 죽는다는 것은 변하지 않는 사실이었다.

그렇게 현실과 거울 저편, 두 개의 세상, 두 명의 김용순을 보고 있던 승언은 문득 제언에게 물었다.

"제언아, 혹시 거울에 뭐 보여?"

"뭐?"

제언은 더욱 불안하게 승언을 보았다. 한참 수선스레 정신을 못 차리다가, 갑자기 거울을 보며 멍해지는 언니에게 약간 소름이 돋은 듯했다.

"아니, 아무것도."

"이게, 나한테만 보이는 거구나."

승언이 살짝 거울 앞으로 다가가 표면을 만지자, 잔잔했던 수

거울 살인

면에 파동이 이는 듯 거울이 일렁거렸다. 그렇다면, 다시 거울 오른편 세상으로 넘어갈 수 있다는 건가? 거울이 아직 말캉하니까…?!

제언은 그런 그녀를 더욱 수상하게 바라보고 있었다. 그녀가 보기엔 승언이 갑자기 딱딱한 거울을 도도도, 두드리는 것으로만 보였던 것이다.

그런데 이때.

'빼애애애앵-'

갑작스러운 사이렌 소리가 아파트 단지를 울렸다.

두 자매는 온몸에 얼음물이라도 끼얹어진 듯 화들짝 놀라 서로를 바라보았다.

'맞다.'

승언은 방금 전을 떠올렸다.

'아까 내가 전화로 신고했었지.'

창밖을 보자 구조대 차량이 아파트로 접근하고 있었다.

"119야, 어떡하지? 아무 일 없다 그럴까?"

이미 죽어 버린 용순을 살려 달라 말할 수는 없었다. 제언은 일단 이 상황을 좀 정리해야겠다고 생각했는지, 걸레를 들어 피로 물든 바닥을 닦고 있었다.

거울 오른편 세상에서도 마찬가지였다.

거기서도 제언은 똑같이 피바다가 된 마루를 닦아 내고 있었다.

그러나 오른편에서 들려온 말은 지금 이 현실과는 달랐다.

"언니, 어쩌다 그랬어. 참지 그랬어…!"

거울 오른편은 승언이 살인자인 세상이었고, 왼편은 제언이 살인자인 세상이었다.

사이렌 소리는 멈추지도 않고 시시각각 가까워져만 오고 있었다. 머리엔 뇌수가 출렁이는 소리가 들리는 듯했다.

공황 상태가 되어 버릴 정도로 극도의 불안 상태였지만, 이것만은 분명했다. 제언이, 살인자가 되어서는 안 된다는 것.

김용순은 내가 죽인 것이다. 어린 여고생이 끌려가게 두어서는 안 된다. 이제 모든 것을 다시 되돌려야 했다.

지금 이 거울이 뭔지는 모르겠지만, 그녀는 일단 다시 원래 세상으로 돌아가야겠다고 생각했다.

제언이 바닥의 피를 닦으며 승언을 등진 사이, 그녀는 홀린 듯이 다시 거울로 향했다.

거울의 차가운 감촉이 다시 온몸에 와 닿았다. 다만, 얇은 표면을 지나는 것처럼 잠깐의 느낌은 아니었다. 온몸이 푹, 한기에 담가졌다가 빠져나가는 느낌.

잠시 귀가 먹먹해지며 두 개 세상의 소리가 저편 머나먼 곳에서 들리는 것 같기도 했다.

거울에서 나오면, 놀랍도록 현실적인 감각이 그녀를 일깨운다. 이게 마치 원래의 세상인 것처럼. 양쪽 다.

3

그녀는 다시 오른편의 세상으로 왔다. 아니, 이게 원래의 세상이다.

제언은 이곳에서 더욱 하얗게 질린 얼굴이었다. 서로가 그렇듯 서로가 죄를 쓴 게 더 무서운 지금이었다.

승언의 두 손엔 어느새 벌건 피가 담뿍 묻어 있었다. 원래의 세상에서 용순이 더 많은 피를 흘렸기에 그러하리라.

아직 너무나 무섭고 놀랍지만, 승언은 이를 받아들이기로 했다. 동생이 죄를 뒤집어쓰는 것보다는 나은 선택이라 생각했기에.

그런데….

갑자기 오른쪽 배가 욱신 아파져 왔다. 순간, 이루 말할 수 없이 밀려오는 통증에 그녀는 배를 부여잡았다. 실은 거울로 넘어오자마자 시작된 통증이었다.

"으윽…."

입가에 절로 신음 소리가 흘렀다.

제언은 피를 닦다 말고 사색이 되어 그녀에게로 돌아왔다.

"언니, 왜 그래? 괜찮아?"

승언의 치마 밑이 붉게 젖어 있었다. 이건 용순의 피가 아니었다. 분명, 하혈이었다. 두 자매는 질겁을 했다.

주체할 수 없는 선혈이 다리 사이로 꾸역꾸역 밀려 나오고 있다. 견딜 수 없는 격통도 함께였다.

'지금 나에게 무슨 일이 벌어지고 있는 거야? 혹시, 혹시…?!'

결국 견딜 수 없는 진통에 그녀는 미끄덩한 피바다 위에 뎅강 넘어지고 말았다.

'아!'

마지막 순간, 용순이 힘이 실린 오른손으로 그녀의 배를 가격했을 때가 떠올랐다.

미친 듯이 바닥을 닦던 제언은 갑자기 현관의 거울 장의 한쪽 문을 열고는 있던 신발들을 마구 꺼내고 선반들을 치웠다. 마치 거울의 뒤편이 열리는 것 같았다. 그리고 제언은 그야말로 온 힘을 다해 용순의 어깨를 잡고 질질 끌었다.

"지금 뭐하는 거야?"

바닥에 쓰러진 승언은 제언이 하는 꼴을 배를 움켜쥔 채 보고 있을 수밖에 없었다.

"언니, 일단 아이부터 살리고 보자."

뭐라 말하려 했지만, 다시 한 번 참을 수 없는 고통이 밀려와 입을 열 수가 없었다.

"제… 언아."

"언니, 이러다 애 죽어. 이놈 죽었다고 애까지 죽일 거야?"

제언이 독한 목소리로 소리쳤다. 마냥 맑은 여고생으로만 보였던 아까 오후와는 달랐다.

그녀도 강한 생존 본능을 가진 한 명의 여자였다. 그녀의 머릿속은 오로지 승언의 배 속 아기를 살려야겠다는 의지만이 가득했다.

제언은 그야말로 초인적인 힘으로 바닥에 쓰러진 용순을 거울장 안에 넣었다. 승언에게는 그것이 마치 용순이 거울 안으로 사라지는 것처럼 보였다. 실제로 그럴 수 있다면, 정말 좋을 텐데.

제언은 핏자국의 흔적까지 모두 닦아 내고서, 119에 전화했다. 격통에 얼굴이 노래진 지금의 승언은 스스로 움직이는 것조차 불가했기 때문이었다.

도착한 119대원들이 의아하게 현관문을 보았다. 현관문의 밑으로 붉은 피가 새어 나왔던 것이다.

그들이 다급하게 문을 두드렸을 때 왈칵, 문이 열렸다. 제언이 승언을 부축해 밖으로 데리고 나오고 있었다. 아직까지도 승언의 하혈이 멈추지 않고 있을 때였다.

제언은 현관문을 탁 닫으며 대원들에게 말했다.

"애기가 위험해요. 막 피가 철철 나고. 살려 주세요."

제언의 양손이 피로 가득했지만 미치도록 고통스러워하는 승언의 얼굴을 보자 119대원들은 이 집 안에 누가 또 있다는 생각을 하지 못한 듯했다.

"제언아."

"언니, 가만히 있어. 움직이지 말고. 빨리요. 이러다 언니랑 애 둘 다 죽어요."

"걸을 수 있으세요?"

놀란 대원들이 승언을 바로 부축했다.

복도식 아파트. 승언이 참혹한 비명을 지르며 실려 가는 데에도 나와 보는 이웃 주민은 없었다.

이미 퇴거한 주민들이 많다는 게 그나마 다행이었다. 부디 용순과 승언의 격렬한 몸싸움 소리를 들은 이웃이 없기를, 그녀는 탈탈 실려 나가면서도 간절히 바랐다.

그녀는 빠르게 응급실로 실려 갔다.

그런 그녀의 손을 제언이 뜨겁게 붙잡고 있었다. 의지할 사람이라고는 서로밖에 없던 두 자매가.

배 위에 육중한 기차가 지나가는 듯한 끔찍한 통증이 끊임없이 밀려왔다.

응급실에선 급박하게 처치들이 이루어졌다. 산모와 태아의 안전이 우선이었다.

의료진들이 그녀에게 급박하게 달려들어 바쁘게 움직이는 가운데, 승언은 얼굴의 모든 근육을 일그러뜨리며 거친 숨을 내뱉고 있었다.

이건 정말 참을 수가 없는 고통이었다.

'혹시, 김용순을 죽인 죗값을 이렇게 바로 받는 걸까. 신께서 죄지은 나에게 엄마가 될 자격이 없다며 이 아이를 이렇게 빼앗아 가려 하는 걸까? 아냐, 신이 어딨어. 종교 같은 거 가져 본 적도 없잖아. 갑자기 내가 왜 인제 와서 신을 찾아.'

문득 자신의 응급실 침대 옆에 큰 거울이 달려 있는 것이 보인다. 몇 십 년 전의 날짜가 적혀 있는 걸 보니, 개원 기념으로 단 거울인 것 같았다.

그 거울에 다시 자신의 모습이 비추어졌다. 고통에 일그러진 자신의 모습이. 아이를 잃고 싶지 않아 하는, 자신의 절박한 모습이.

응급의가 다가와 초음파를 확인해 보더니 사색이 되어, 옆에 있던 간호사에게 다급히 말했다.

"지금 당장 수술방 잡아 놔."

승언은 나오지 않는 소리를 꾸역꾸역 짜내며 물었다.

"우리 아이, 어떻게 됐나요?"

거울 살인

"안에서 심장 소리가 들리지 않습니다."

"네?"

응급의는 그녀의 오른 배를 가리켰다. 용순이 주먹으로 거세게 가격했던 곳이었다.

"여기에 너무 큰 충격을 받았어요. 태아에게 직격타가 될 만큼이요."

승언의 입이 떡 벌어졌다.

의사는 옆에 간호사가 가져온 수술동의서를 급박하게 읽어주었다.

여기에 사인을 해야 하는 사람은 제언이었다. 어린 그녀의 얼굴이 새하얗게 식어 내린 건 물론이었다.

"저희가 어떤 수술인지 설명드릴게요. 만약에 태아의 사체가 자궁에 남아 있을 경우…."

그다음 의사의 목소리는 마치 음소거 버튼을 누른 것처럼 들리지가 않았다. 머릿속을 가득 메운 건 태아의 사체라는 말이었다.

'우리 감귤이가, 죽은 것인가…?'

만약이라고는 했지만, 산모에게는 가장 끔찍한 말이었다. 처음 임신 테스트기에 두 줄이 나왔을 땐, 미치도록 그녀를 복잡하게 만들었던 태아였지만….

지금 그녀의 본능은 단 하나였다. 내 배 속에서 뜨거이 태동하던 우리 아가를 살려야겠다는 것.

의사의 거듭된 설명과 상관없이 그녀의 고개가 왼편으로 돌아갔다.

그 거울 속엔 또 다른 세상이 펼쳐져 있었다.

그녀가 오른 배를 가격당하지 않은 세상이었다.

거울을 보자, 마치 무엇인가에 홀린 것처럼 그쪽 세상의 소리가 들려왔다. 야단법석인 지금 이곳 응급실과는 달리, 거울 건너편은 무언가 편안해 보였다.

거울에 비추어져 있는 응급의의 표정도 양쪽이 달랐다. 왼편의 의사는 왼편의 승언에게 왼편 배를 가리키며 편안하게 말하고 있었다.

"다행히 직접적인 충격은 피했습니다. 하혈은 충격 때문에 온 일시적인 현상이구요. 안심하셔도 될 것 같습니다."

"아기는 괜찮은 거죠?"

"특별한 이상은 없지만, 일단 산모가 안정을 취하는 게 가장 중요합니다."

시종일관 그녀의 손을 붙잡고 있던 제언이 감격스러운 목소리로 외쳤다.

"하아, 언니. 진짜 다행이다."

"정말 괜찮은 거예요? 문제없어요?"

승언의 질문에 의사는 믿음직스러운 미소를 보냈다.

왼편의 승언은 고통마저 가신 듯한 얼굴이었다.

다행이라는 듯한 왼편의 승언과 잔뜩 일그러져 있는 오른편이 승언. 둘의 눈이 거울을 통해 맞닿았다.

데칼코마니 같았지만, 둘의 상태는 완전히 달랐다. 저쪽 세상에선, 아이가 살아 있는 것이었다.

그녀는 조용히 자신의 배 위를 만져 보았다.

기분 나쁘게 배 속이 울렁거렸다. 토할 것 같은 냄새가 훅 끼쳐 오는 것 같기도 했다.

단단하던 태아가 하혈로 다 빠져나와 버린 것도 아닌데…. 갑자기 어떻게 이렇게 텅 비어 있는 느낌일까. 생동하던 태동은 다 어디로 갔는가.

배 속에 죽음을 담고 있는 것만 같은 끔찍한 느낌. 이는 내가 김용순을 죽였다는 사실을 깨달았을 때보다 더더욱 섬뜩했다. 정말 나의 태아가 죽은 것일까.

"저… 고민할 시간을 주세요."

"네?"

"다들 나가 주세요!"

승언은 의사와 간호사, 그리고 제언마저도 커튼 밖으로 몰아냈다.

당장이라도 폭발해 버릴 것 같은 승언의 얼굴에 모두가 서로의 눈치를 보다 뒤로 물러났다.

손등에 꽂은 진통 주사의 링거액 때문일까. 지옥으로 빨려 들어가는 것만 같았던 통증은 그래도 다소 잦아든 상태였다.

손을 뻗자, 그 거울이 손에 잡혔다. 다시 수면이 일렁이는 것처럼 거울은 물컹했다.

승언은 극도의 혼란에 빠졌다.

'이건 대체 뭘까. 나에게 계속해서 기회를 주는 걸까? 내가 잘못된 선택을 할 때마다 또다시 선택할 수 있는 기회를 주려는 게 아닐까?'

불현듯 양쪽 세상에서 모두 죽어 있던 용순의 모습이 떠오르자, 온몸에 몸서리가 쳐졌다.

내가 뭘 하든, 뭘 어떻게 하든, 결과가 똑같았다. 어느 세상에서 무슨 일을 벌이든 간에 결론은 변하지 않는 것이었다.

승언은 커튼 밖으로 보이는 제언의 실루엣을 보았다. 왼편의 세상에서는 내가 아닌 제언이 살인자였다. 그래서 이 세상으로 다시 돌아왔던 게 아닌가.

그런데 다시 배에 극심한 고통이 밀려오기 시작했다. 그야말로 살면서 느껴 본 적 없던 극한의 고통이.

문득 '사산'이라는 단어가 그녀의 뇌리에 채찍처럼 꽂혔다.

사산. 아기는 이제 겨우 팔 개월짜리 생명이었다. 내가 뭘 하든 아이는 죄가 없었다. 우리 감귤이가 죄 없이 죽어서는 안 되었다.

어마어마한 고통에 몸부림을 치던 그녀가 침대에서 쿵 떨어져 바닥을 뒹굴었다. 배 안에서 무언가가 꿈틀하는 것이 느껴졌다.

"감귤아, 아직 살아 있니? 제발… 엄마 떠나지 마."

그녀가 오른손으로 배를 만지자, 다시 배가 훅 꺼져 물렁 들어갔다. 소름이 끼쳤다.

거울 저편에서는 편안하게 침대에 누워 있는 자신의 모습이 자꾸 비쳤다. 그녀는 배를 안고서 간절히 속삭였다.

"많이 아프니, 감귤아? 죽을 것 같아? 제발… 포기하지 마."

포기…하지 마. 그러나 문득 이런 생각이 들었다.

'기회가 주어졌는데 포기하고 있는 건 나 자신이 아닐까.'

일단 아일 살려야 했다. 그것이 엄마로서의 본능이었다. 그녀는 자기도 모르게 거울 쪽으로 기어갔다. 손등에 연결된 링거 따위 뽑아 버리고서.

고통 속에 몸부림을 치던 승언이, 힘겹게 힘겹게 거울 좌편의 세상으로 몸을 던졌다.

4

벌써 세 번째 이동이었다.

이번엔 거울 안의 차가운 감촉을 느낄 새고 뭐고 없었다. 그새 처음보다도 익숙해진 것도 같았다.

왼편의 세상에 도달하자마자, 깜짝 놀랄 정도로 배 속의 통증이 잦아들었다. 거친 숨이 일기는 했지만, 배에는 다시 편안한 안정감이 찾아왔다.

그녀는 조심스럽게 자신의 배에 손을 대 보았다.

둥둥-

그녀의 배를 둥둥 두드리던 태동이 다시 느껴졌다.

'아기가 살아 있어. 우리 감귤이가 살아 있어.'

기진맥진한 그녀가 바닥에 축 늘어지고 말았다.

왼쪽 배도 오른쪽 배도 통통했다. 아까처럼 배가 훅 꺼진 듯한 느낌은 없었다. 그렇게 아프던 배가 이렇게나 괜찮아진 게 신기할 정도였다.

거울 살인

"승언아!"

커튼을 확 젖히면서 나타난 것은 승언의 엄마, 종선이었다. 뒤늦게 소식을 듣고 달려온 것일 게다.

엄마는 바닥에 축 늘어진 승언을 보며 기겁하며 외쳤다.

"선생님! 여기요!"

그녀의 부름에 모두들 다급히 들어와 바닥에 쓰러진 승언을 침대 위로 옮겼다.

엄마는 예전 그대로였다. 시장 반찬 가게 냄새를 그대로 몰고 왔는데도, 싫지가 않았다. 엄마에게는 항상 이렇게 따뜻한 밥 냄새가 났다.

엄마와 승언, 그리고 승언과 태아 사이에 이어지는 연결 고리가 완성된 것 같아 어쩐지 조금 안심이 되었다.

엄마는 얼음장처럼 차가워진 승언의 양손을 붙잡고 따뜻하게 덥혀 주었다. 제언은 그런 엄마의 곁에 다가와 울먹거렸다.

"엄마, 언니랑 아가는 괜찮대."

그간 독하게 움직였던 제언이, 드디어 엄마의 앞에서 울음을 툭 터뜨리자 단번에 눈물이 네 줄기로 흘러내렸다.

"근데…."

"에구, 얘가 왜 이래. 많이 놀래서 그랬구만."

엄마는 양손으로 두 딸의 손을 꼭 잡으며 말했다. 딸을 위한 위로를 위한 손인 줄 알았지만 아니었다. 엄마의 손은 이기지 못할 분노로 꿈틀대고 있었다.

"누가 그랬어. 그 인간이냐."

바들바들 떨리고 있는 그 목소리. 엄마는 이기지 못할 자책에 시달리고 있었다.

"그노무 자식이, 그 죽일 노무 자식이!"

목에서부터 끓는 듯한 격한 소리가 터져 나왔다.

"그 자식이냐고! 내 이놈을 그냥, 아이구….”

종선은 마른 가슴을 멍이 들도록 거세게 두들기며 통곡도 하지 못한 채 낮은 흐느낌을 침대 위에 쏟아 냈다. 눈가엔 물빛조차 어리지 않았다.

"제언아, 그 인간 어디 있어."

"엄마, 있잖아.”

엄마와 함께 왈칵왈칵 울음을 쏟던 제언은 그저 하얗게 굳어져 제대로 말도 잇지 못하고 있었다.

승언은 미어지도록 제언을 보았다. 다시 한 번 제가 한 짓을 깨달은 것이다.

지금 이 세상에서 김용순을 목 졸라 죽인 것은 바로 제언이었다. 죽은 용순을 거울장에 숨겨놓고, 피바다가 된 바닥을 대충 닦아 놓고, 우선 승언과 태아를 구하기 위해 응급실에 온 것이었다.

왼편의 세상에서도 그것만은 변하지 않는 사실이었다. 제언이 용순을 죽였다는 것.

그런데 이때, 커튼 밖으로 경찰관 두어 명이 지나갔다. 순간, 제언과 승언 두 자매가 파르르 긴장에 굳었다.

둘은 방금 전까지 살인 현장에 있었다. 경찰 그림자만 봐도 심장이 철렁하는 건 어쩔 수가 없었다.

제언은 얼굴 곳곳에 묻어 있던 울음기를 소매로 황급히 지워 내며 말했다.

"어, 지금 어디 멀리 도망갔을 거야. 어, 내가 봤어."

엄마에게 그 사실을 고백할 순 없었다. 당장 경찰관들이 앞에 있었으니.

승언 역시 침대에서 일어나려 애쓰며 엄마의 손을 꼭 잡으며 말했다.

"어, 엄마. 난 괜찮아. 진정해."

그녀 역시 잔뜩 긴장한 채였다.

우리 셋 모두가 말을 잘 맞춰야 할 때였지만, 엄마의 목소리는 작아질 줄 모르고 있었다.

"허, 도망을 가? 미친 자식. 애를 이 꼴로 만들고?"

"엄마, 잠깐만."

"이거 놔! 그놈 감싸 줄 생각은 꿈에도 말어. 내 딸을 이렇게 만들고…!"

승언과 제언이 양손을 각자 붙잡고 엄마를 말렸지만 이미 굳세게 들고 일어난 그녀를 막을 순 없었다.

"저기요, 선생님!"

두엇의 경찰이 서서히 그들의 침대로 다가왔다. 그 한 걸음, 한 걸음….

"신고받고 출동했는데, 갑자기 앰뷸런스가 나가서 여기로 왔거든요. 혹시 집에서 무슨 일 있으셨습니까?"

승언과 제언은 다시 새하얗게 굳어졌다. 너무 놀라, 지금은 심장마저 뛰지 않는 것 같았다.

"선생님, 그놈 좀 잡아 주시오. 내 진짜… 진즉 연을 끊었어야 하는데. 그놈 좀 잡아 주시오."

엄마는 거의 통곡을 하듯 경찰에게 매달리고 있었다.

승언은 저도 모르게 빽- 소리를 지르고 말았다.

"엄마!"

지나치게 흥분한 그 소리에 경찰관 둘이 이상하다는 듯 그녀를 보았다.

"잠깐만요!"

그녀는 경찰에게 잠깐 물러가 달라고 손짓을 한 뒤, 엄마를 가까이 불러 붙잡고서는 낮은 목소리로 속삭였다.

"엄마, 우리 얘길 들어야 돼. 엄마가 우리 편이 되어야 돼."

옆에 선 제언의 온몸은 사시나무 떨리듯 바들바들 떨리고 있었다. 어느덧 그녀의 이마에서 식은땀이 뚝뚝 떨어졌다.

"엄마, 있잖아."

제언은 엄마의 손을 붙잡고 목소리를 더욱 낮추었다.

"그 사람, 내가 죽였어."

"뭐어!?"

허나 엄마의 놀란 목소리는 너무나도 컸다. 제언과 승언은 다시 한 번 엄마의 옷깃을 잡아당겼다.

멀리서 이들을 흘긋흘긋 보던 경찰이 다시 한 번 그쪽으로 다가왔다. 뭔가 이상하다고 생각한 것이다. 엄마는 경찰에게 무언가를 말하려 하고 있고, 두 자매는 그런 엄마를 필사적으로 막고 있는 그 모습이.

"거기 무슨 얘기하십니까."

경찰이 의심스럽다는 듯 물었다.

그 눈빛이 너무 무서워, 잦아들었던 배 속의 통증이 다시 욱신 찾아오는 것만 같았다.

"아, 아니에요. 저희 동생이 너무 놀래서요, 제가 하혈을 많이 했더니."

경찰관은 피로 젖은 두 자매를 다시 의심스럽게 보았다. 아까는 분명 하혈이라 생각했는데, 지금은 아니라 생각하는 것 같았다.

붙잡고 있던 제언의 손이 폭발할 것 같은 긴장감으로 덜덜덜 떨렸다. 독하게 굴었지만 고작 그녀의 나이 열여덟, 아직 새싹처럼 파릇한 여고생이었다.

제언은 제 모습을 감추려 커튼 뒤로 숨었지만 덜덜덜 전동 드릴처럼 흔들리는 그 어깨는 어쩔 수가 없었다.

경찰은 그런 제언을 끈질긴 눈으로 살펴보았다. 그러고는 급기야 무전에 대고 말했다.

"아아, 그 집 아파트부터 조사해 보세요."

승언은 하얗게 질려 외쳤다.

"그 사람, 벌써 멀리 도망갔어요. 집에 없어요."

"돌아왔을 수도 있잖습니까."

"…그럴 리가요."

그 경찰은 밖으로 나가서 자신의 동료와 함께 계속해서 숙덕거리며 무전을 주고받았다.

경찰이 밖으로 나가서야 엄마는 커튼을 완전히 치고서 그들 자매를 돌아보았다. 뒤늦게야 상황 파악이 되었는지 그녀 역시 낮고 조용한 목소리였다.

"제언아, 니 말이 사실이여?"

돌아선 제언의 두 눈가에 번질번질한 물기가 가득했다.

"엄마, 나 어떡하지?"

"그 말이 사실이냐고!"

엄마는 도저히 믿을 수가 없다는 얼굴이었다. 열여덟의 딸래미가 제 남편을 죽였다니. 한 번에 믿어진다면 그게 더 수상한 것이었다. 제언은 이를 앙다문 채 잇새로 말했다.

"안 그럼, 언니가 죽을 뻔했다고. 애 죽으라고 그렇게 패는데….."

엄마는 뒤통수라도 땅, 때려 맞은 표정이었다.

그동안 무전을 주고받던 경찰은 멀리서 제언의 실루엣을 보며 계속해서 수군거렸다.

"네네, 목에서 손자국 발견이요. 목반지 자국이요. 네, 알겠습니다."

아파트 쪽에 나가 있던 경찰이 집에서 거울장에 구겨 넣어진 용순의 시체를 발견한 모양이었다. 뭐라뭐라 통화하며 사건 파악을 끝낸 경찰이 화악, 커튼을 젖혔다. 그의 눈에 바들바들 떨고 있는 제언의 모습이 들어왔다. 그녀의 오른손에 끼워져 있는 목반지까지도.

"일단 서까지 동행해 주셔야겠습니다."

'제언이가 경찰서에 간다고? 말도 안 돼. 우리 제언이가?!'

순간 패닉이 올 것만 같았다.

승언은 아이를 잃을 뻔했던 자신의 상황도 잊고, 침대에서 확 튀어 나갈 뻔했다. 다시 욱신거리는 통증이 그녀를 눌렀다.

"제언아, 제언아!"

제언은 이미 경찰과 함께 그들을 따라가고 있었다.

"아이고, 승언아. 이게 어떻게 된 거냐! 제언아! 제언아!"

엄마는 그 뒤를 미친 듯이 쫓아갔다.

'내 딸이 경찰에게 잡혀가다니. 그것도 내가 이, 이, 입방정을 잘못 떨어서….'

통증 때문에 침대를 벗어날 수도 없는 승언은 그렇게 제언이 끌려가는 뒷모습을 누워서 바라봐야만 했다.

"제언아, 제언아."

아무리 봐도 있을 수 없는 상황이었다. 자신을 짓누르는 통증부터 까슬한 병원 담요의 감각까지 모두가 꿈이 아닌 실제인데, 내 동생 제언이가 끌려가다니.

온몸이 수백 개의 면도칼로 그어지는 것만 같은 아픔이 몰려왔다. 원래 내가 살인자가 되었어야 했는데, 어쩌다 그녀가 살인자가 되게 하였는가.

엄마와 제언이 그렇게 경찰관을 따라 사라지고서 이 응급실에는 그녀의 애타는 외침만이 남았다. 그녀가 흐느껴 울자, 쑥덕이는 주변의 소리가 높아졌다.

그런데 이때, 거울 오른편의 세상에서 다시 목소리가 들려왔다.

"또 뭔데, 제발, 제발!"

차라리 거부하고 싶었다. 다시 거울은 끔찍한 선택의 이면을 다시 들춰내겠지.

방금 전까지 내가 있었던 세상.

그곳에선 자신이 엄청난 통증에 시달리며 침대 위를 구르고 있었다. 이마의 핏줄이 모두 푸르스름하게 보일 정도로, 고통스러운 순간이었다.

옆에 있던 엄마와 제언은 그런 승언의 고통에 어찌할 바를 모르며 발을 구르고 있었다.

"내 딸, 많이 아파? 많이 아프니?"

엄마는 승언의 고통이 마치 자기 것이라도 된 것처럼 괴로워하고 있었다.

이때, 경찰이 그들에게 다가와 말을 걸었다. 지금 제언을 끌고 갔던 경찰과 같은 사람이었다.

"어떻게 된 사정인지 잠시 조사를…."

허나, 엄마는 하혈을 하며 괴로워하는 승언 때문에 아예 정신이 없는 상태였다. 경찰이 엄마의 어깨를 건드리자 그녀는 이를 홱 뿌리치며 앙칼지게 소리쳤다.

"지금 내 딸이 죽게 생겼다구요. 애 잘못되면 당신이 책임질 거야?"

표독스러운 그녀의 목소리에 경찰은 한 발 물러서 진정하라는 손짓을 했다.

"어쩌다가 이렇게 된 겁니까."

경찰은 고개를 돌려 제언에게 이를 물었다. 방금 전 왼편 세상에서 경찰의 등장에 하얗게 질려 버렸던 제언은 그때와는 달리 훨씬 더 침착한 얼굴로 답했다.

"언니가 계단에서 넘어져서 그런 거예요."

"사실입니까? 저희가 신고를 받고 왔는데……."

"언니가 그때 소리를 좀 많이 질렀거든요."

승언은 찢어질 듯한 고통 속에서 가느다란 목소리로 답했다.

"맞아요, 돌아가세요."

"알겠습니다."

그런 승언의 표정이 너무나 애처로웠는지, 경찰은 고개를 끄덕이며 돌아섰다.

"단순 사고면 특별히 더 조사는 없을 겁니다. 수술, 잘하시구요."

경찰이 완전히 사라진 것을 확인한 제언은 긴장이 확 풀린 듯 승언의 옆에 무너져 내리며 말했다.

"하아, 언니. 잘될 거야. 걱정 마."

승언은 거울 왼편의 세상에서, 그런 제언의 얼굴을 또렷이 들여다보았다. 경찰이 사라지자 크게 한숨을 돌리며 한결 편안해진 얼굴이었다.

그러나 지금의 제언은 달랐다. 침대에 있는 승언에게 응급실의 현관 밖에서 경찰과 실랑이를 하는 제언과 엄마의 모습이 보였다.

거울 살인

"엄마, 나 어떻게 해?"

제언은 아예 다리 힘까지 쭉 풀린 듯했다.

"내 딸, 어딜 데려가? 그 손 못 놔? 못 놓냐고!"

엄마는 아예 목 놓아 오열을 하며 경찰에게 달라붙어 늘어지고 있었다.

"제언아…!"

승언은 침대에서 일어나지도 못한 채 혼란스럽게 그 모습을 보았다. 울고 있는지도 모르게 눈물이 펑펑 쏟아져 나왔다.

그녀는 결국 커다란 전면 거울에 대고 버럭 짜증을 낼 수밖에 없었다.

"나보고 어떡하라고. 도대체 뭘! 뭘 선택하든 이렇게 꼬아 놓을 거면서!"

밖에서는 경찰들이 더 몰려와 제언을 데려가지 못하게 하는 엄마를 떼어 내고, 끝끝내 그 아이를 끌고 갔다. 그 과정에서 제언의 교복의 소맷부리가 주욱 찢어지는 걸 보자, 승언은 더더욱 혼절해 버릴 것만 같은 느낌이었다.

또 내가, 잘못 선택한 것이었다. 나는 원래 세상으로 돌아가야 한다. 저기 보이는 게, 내가 원래 살아 내야 하는 삶이었다. 내가 사람을 죽이고, 내가 아이를 잃는 세상. 잡혀가더라도, 내가 잡혀가는 게 맞았다. 사람을 죽인 죗값은 내가 받아야 한다.

경찰에 끌려가는 제언의 그림자가 사라지면서, 그녀는 힘없

이 다시 전면 거울 앞으로 향했다. 그녀가 다시 오른편의 세상
으로 넘어갈 차례였다.

5

결국, 다시 한 번, 그렇게 온몸의 모든 온기를 이 차가운 거울 세상이 빼앗아 갔다. 이제는 놀라고 말 것도 없는 감각이었다.

그렇게 승언은 오른편의 세상으로 다시 돌아오고야 말았다.

"으윽…."

가장 먼저 찾아온 건 욱신욱신 눈이 까뒤집어 듯한 배 속의 고통이었다.

옆에서는 엄마가 부들거리는 손으로 보호자 동의서에 사인하고 있었다. 그 옆에 선 제언은 툭하면 울음을 터트리기 직전이었다.

"제언아, 엄마한테 그간 있었던 일 잘 얘기해야 돼. 경찰들 없을 때 조용히 잘… 알지?"

제언은 잔뜩 눈물 젖은 얼굴로 고개를 끄덕였다.

승언은 참담하게 눈을 감았다. 제언 대신 아이를 포기한 것이다.

곧 그녀의 침대가 수술실로 향했다.

덜커덩덜커덩.

너무나 사랑했던 나의 아기에게, 이제 작별을 고할 차례였다. 안녕을 말해야 한다.

눈부시도록 새하얀 수술실의 불이 파밧 켜졌다. 스테인리스로 된 수술대 위는 섬짓하도록 차가워, 쇳덩어리 도마 위에 올라간 생선이 된 기분이 들기도 했다.

저 메스 칼에 뎅강 회 쳐질, 알을 밴 생선, 알을 뺄 생선.

이젠 마약과 같은 마취제를 맞을 차례였다.

"열, 아홉, 여덟, 일곱, 여섯⋯."

차마 다섯까지도 세지 못한 채, 승언은 잠에 빠져들었다. 팔에서부터 밀려드는 몽롱한 나른함의 기운이 나쁘지는 않았다.

그렇게 해서라도 이 세상을 잠시 떠날 수 있다면. 곧 내 몸에 어떤 일이 벌어질지는, 상상치도 못하면서.

찰나였지만, 아기를 만나는 꿈을 꾼 듯했다. 내 주변에 아장아장, 아가의 걸음마 발자국이 소란스레 찍혔다.

그러나 어느 순간, 동산 같던 내 배가 동그란 봉분으로 바뀌었다. 벙어리 산모였던 내가 온몸이 부러져라 기를 쓰며 내 애를 내놓으라고 소리를 쳐도, 아무도 내 얘기를 듣지 못했다.

비석도 세울 수 없는 인간 무덤이 바로 나였다. 내가 누워 배만 동그랗게 부풀어 있으면, 얼굴이 지워진 사람들이 찾아와 배에 대고 절을 두 번씩 해댔다.

양 콧구멍에 향을 꽂았고, 벌어진 내 입에 목구멍 깊은 곳까지 국화꽃을 꽂아 댔다. 나는 그걸 토하지도 뱉지도 못하고 물고 있었다.

두 눈에 동전까지 올려진 내 모습을 어느새 내가 제삼자가 되어 보며 지켜보며 자지러질 듯 깔깔 웃고 있었다. 피 냄새가 훅 끼치는 헐렁거리는 배를 안고서, 그 꼴이 뭐가 그리 우스운지 이리저리 뒹굴어 가며 웃고 있다.

깔깔 웃으며 당도한 곳은, 차가운 거울 색의 바다였다. 조각조각 각자 다른 세상을 비추고 있는 조각 거울의 바다였다. 눈물이 담겨 수면이 고요한 어항, 그게 내 눈물이었던가.

내 배에서 나온 피가 담긴 동그란 어항, 그게 내가 만들었던 조각난 장기들인가. 장바구니에 담아 놓았던, 가지지 못했던 육아용품들도 바다에 동동 떠내려간다.

넘어지면 큰 사고가 날 것 같은 사다리도 함께였다. 시공간이 사라진 이곳에선, 사다리를 오르는 것이 내려가는 것이었다.

마치 뫼비우스의 띠처럼, 공간 또한 울렁울렁 파도를 치며 앞에 닿았다가 뒤에 닿았다가, 닿는 곳이 제각각이었다.

이 출렁이는 바다에서 벗어나고자, 나는 사다리를 올라가고 있는 것인가, 내려가고 있는 것인가. 그악스럽게 오르려 할수록, 진창에 처박히고 있는 중인가.

귓가엔 여전히 아이 울음소리가 발작적으로 울리고, 죄책감에 못 이겨 머리털을 하나둘씩 뽑기 시작한다. 그렇게 대머리가 되면, 제삼자의 내가 배를 까뒤집으며 폭소를 하려나.

거울의 곡률에 따라, 스캔할 때마다 달라지는 태아의 초음파가 울렁거린다.

그 와중에 '왜'라는 실마리를 찾고 싶었나 보다. 왜지, 뭐지, 인과 관계가 어떤 거지. 도대체 왜 나에게 이런 일이….

곡선 거울의 파도 위에서 부표 같은 사다리 위에 올라 너울지며 헤엄쳐도, 내려가려 하면 올라가고, 올라가려 하면 내려가는 시소 같은 이곳에서 거울의 망망대해는 끝이 없는데, 나의 죄는 천둥 같아 후려치고 후려치고….

시뻘건 피가 담긴 어항에, 포르말린에 담긴 태아가 꿈틀거릴 것 같은데 당신은 아니라고 말하겠지.

온몸이 세포 단위로 찢겨 발겨지는 이 끔찍한 아픔도, 겪어보지 않아 모른다고 말하겠지. 남자라서, 아니면 아이를 잃는 일을 알지 못해서….

거리를 두고 저기서 조소하는 그 모습이, 또 내 모습일까. 잠시나마 품었던 생명을 떠나보내는 일이 쉬울 거라 예단하며 나의 일이 아무렇지 않은 거라 말한다.

차라리 지금 이 순간, 이번 생이 종료되었으면 좋겠다고, 꿈에서 깨어나지 않았으면 좋겠다고….

결국 기억에 머문 잔상은 그거 하나였다.

병실의 창문 틈새로 정적인 햇살이 가만히 앉아 있었다. 침대에 기대 그 햇살을 바라보는 승언 역시, 모든 것을 내려놓은 느낌이었다.

다시 원래의 세상이었다. 거울 오른편의 세상. 그러니까, 거울로 이동하기 전 원래의 세상.

그녀는 문득 자신의 빈 배에 손을 얹어 보았다. 측정할 수 없는 절망이 그녀의 뒷덜미를 잡아채 심연으로 끌고 갔다. 그야말로 나락으로 떨어진 느낌. 그 느낌이 너무나 허망해, 그녀는 울음을 터트리고 말았다.

"미안해, 엄마가… 너무 미안해."

그녀는 빈 배를 하염없이 쓰다듬으며 그렇게 영원히 되뇌었다.

김용순을 죽인 것보다, 나의 아길 죽였다는 죄책감이 승언을 숨 막히게 했다. 소름 끼치는 이 죄를 평생 무엇으로 갚을 수 있을까. 이걸 대체 무엇으로 속죄할 수 있을까.

'지이이잉-'

탁자 위에 울리는 진동에 승언은 휴대폰을 들어 전화를 받아 보았다. 엄마였다.

"집은, 엄마가 알아서 했다."

"엄마가 알아서라니…!"

승언은 한 뼘쯤 솟아오르는 목소리를 애써 누르며 주변을 살폈다.

'알아서라면, 사체를 처리했다는 것인가?'

승언이 수술받고 있을 때의 모습이 절로 그려졌다.

제언이 엄마에게 눈물로 이 모든 사실을 고백하는 모습. 그리고 엄마가 피 칠갑이 된 집을 보고, 어질해하는 모습. 마지막, 이 상황을 모두 정리하고 있는 모습까지.

승언에게는 이 모든 상황이 직접 겪은 것처럼 생생했다.

"그러면 엄마도 공범이야."

"목소리 낮추지 못해?"

낮지만 단호한 목소리가 승언의 말을 잘랐다.

"나, 몸 추스르면 자수할 거야."

이건 계속해서 승언이 생각해 왔던 것이다.

"뭐?"

"어떻게 사람을 죽였는데 죗값을 피해 갈 수가 있어. 분명 실종된 거 누군가 알아챌 거야."

가장 먼저 떠오르는 건 승언이 고모라고 불렀던 김용순의 누나였다.

"그쪽 고모가 분명히 눈치챌 거야. 왜 그놈이랑 똑같은 여자 있잖아."

"그 입 못 다물어? 만약 그놈 때문에 내 딸 어디 끌려가면, 나 진짜로 혀 깨물고 죽어 버릴 거야."

"엄마!"

"승언아, 이거 엄마가 죄받는 거야. 니들 그런 놈이랑 살게 해서."

승언은 머리가 하얗게 세어 버릴 것만 같은 기분이었다.

"내가 엄마한테 무슨 짓 한 건지 모르겠다. 왜 엄마까지…."

내가 한 일에 왜 제언에 이어 엄마까지 끼어들게 했을까. 이제 엄마가 끼어든 이상, 함부로 자수하는 것조차 힘든 상황이 되어 버린 것이다.

"오늘은, 못 갈 것 같다. 푹… 쉬고 있어."

엄마는 오히려 무뚝뚝한 목소리로 전화를 끊었다. 이제 막 수술 마친 승언에게 갈 수 없는 상황이 미워, 오히려 친절치 못하게 전화를 끊어 버린 것일 게다.

아아악-

승언은 비명을 지르며 전화기를 던져 버리고 싶었다.

'어쩌다 엄마까지. 왜 엄마까지. 어쩜 이렇게 상황이 척척 꼬여만 가는 걸까.'

철컥-

이때, 누군가 그녀의 병실에 들어오는 소리가 들렸다.

'경찰인가?'

그녀는 화들짝 놀라 몸을 움츠리며 문 쪽을 바라보았다. 거기서 나타난 사람은….

"오빠…!"

멀찍하니 큰 키, 짧은 머리에 카키색 군복을 입은 남자였다.

이구원이었다. 그녀의 남자친구이자 아기의 아빠. 아니, 그 아기, 이제 없지. 사라졌지.

"어떻게 된 거야."

큰 눈에 서글서글한 인상이었지만, 그의 두 눈은 지금 불안함으로 가득 차 있었다.

"가."

승언은 나직한 목소리로 외쳤다.

"내가 너무 늦게 왔지."

"아냐, 오빠가 잘못한 거 없어. 제발 가 줘."

"승언아…!

"나 오빠 곁에 더 이상 못 있어. 나 이제 애기도 없고, 우리 가족은… 나락에 있어."

"뭔 일이야, 보고 얘기해."

"오빠 이거 도저히 이해 못 해. 이걸 어떻게 이해해? 가."

어떻게든 소리 높이지 않고 그를 내치려던 그녀의 얼굴이 금세 붉게 달아올랐다. 다시 생각해도 아찔했다. 우리에게 덮친

이 아찔한 일을, 도저히 입 밖에 꺼내어 설명할 수조차 없었다.

그녀를 붙잡으려는 구원과 그를 밀어내려는 승언 사이에 한 바탕의 실랑이가 벌어졌다.

"가라고, 제발."

"왜, 대체 무슨 일인데."

그를 뿌리치려 세찬 힘을 내기엔 아직 몸이 성치 않은 그녀였다.

"가라고, 제발. 아무 얘기도 하기 싫다고. 왜 이제 나타나서 그래? 왜 하필 이제야 나타나서 그러는데…."

가라고 가라고 몸부림을 치던 승언은 그를 끝끝내 뿌리치지 못해, 결국 그의 품 안에서 목 놓아 울어 버리고 말았다.

"승언아, 다 내 잘못이야. 다…."

구원은 그런 그녀의 등을 하염없이 다독였다.

"흑, 흑흑…!"

한번 터진 울음은 멈추지도 않았다.

돌이켜 보니, 그 사건 이후로 제대로 울지도 못했다. 아이를 잃어버리고 나서 지금 깨었으니, 나는 지금 울어야 한다. 그것이 내 감정에 충실한 일이다.

"으허어허헝…."

복도에 있던 간호사들이 한 번씩 들어와 괜찮으냐고 물어볼 만큼, 그녀는 울었다.

"우리 아이가 없어. 아이가 없어졌다고. 세상에서 지워졌어. 사라졌어. 나 때문이야. 나는 자격이 없어."

승언은 오래도록 구원의 품 안에서 애끓는 울음을 사방으로 뿜어내었다. 수분을 모두 눈물로 빼 버려, 이 몸에 바스락거리는 재조차 남지 않을 때까지. 쩍쩍 갈라진 목에서 피가 토해질 때까지.

어느덧 창가의 햇살이 비스듬하게 기울어져 있을 때였다. 나를 구성하는 영혼이라고는 한 줌이라도 제대로 남아 있을까, 싶은 순간이다.

결국, 이 남자에게 모두 다 털어놓아 버리고 말았다. 나조차 도저히 믿을 수 없는, 거울에 대한 이야기를 제외하고서. 어차피 그 거울 얘기는 그 누구도 믿어 주지 못할 테니.

"괜찮아, 승언아."

놀랍게도, 구원은 괜찮다고 말했다.

"괜찮다고?"

괜찮을 리가 없잖아? 내가, 사람을 죽였다니까? 이야기 제대로 들은 거 맞아? 네 여자 친구가, 지금 사람을 죽였다고! 이 손으로! 사람의 가슴에 유리 조각을 찔러 넣었다고!

"나 이래 봬도 법조계 집안 아들이잖아. 죽어 마땅한 놈이야. 어차피 정당방위고."

"세상에 죽어 마땅한 놈이 어디 있어…."

"죗값은 너 죄책감으로 충분해. 꼭 처벌이 다가 아니야. 죄짓고도 무죄로 풀려나는 사람이 얼마나 많은데."

다시 한 번 그녀의 눈가에 눈물방울이 발갛게 맺혔다.

"우리 집안에 변호사가 몇인 줄 알아? 오빠가 꼭 무죄 만들어 줄게."

"…무죄?"

그 말이 승언에게는 너무 멍멍하게만 들렸다. 무죄라니. 사람을 죽였는데 무죄라니. 그게 가능해?

"그건 다 어떤 변호사를 사느냐의 싸움이야. 어떤 논리로 접근하느냐 싸움이고. 원래 이긴 사람은 죗값을 안 치러. 재벌 회장들이 수백억대 횡령하고도 어떻게 그렇게 떳떳하게 살겠어. 이기면 돼. 그러면 돼."

무죄라면…. 혹시, 정말 무죄가 될 수 있다면…. 그녀는 왼편의 세상에서 경찰에게 끌려가 버린 제언을 생각했다.

"그게, 내 동생이라도 무죄받을 수 있을까? 할 수 있지? 아, 제발."

"승언아."

"나, 오빠 얼굴 보니까 너무 후회돼. 어떻게든 우리 아가 살렸어야 했는데…."

"이제 방법이… 없잖아."

"만약에 살릴 수 있다면? 둘 다 살릴 수 있다면?"

그녀가 말하는 둘은 아기와 제언이었다.

구원은 말도 안 되는 소리라는 듯, 승언을 다시 침대에 기대게 하려 했다.

"승언아, 일단 좀 쉬자."

허나, 승언은 간절했다.

"나… 우리 아가 살릴래."

그녀를 내려다보는 구원의 표정은 그저 걱정스럽기만 했다. 이미 아이를 잃었다는 걸 인지하지 못하는 건가. 그렇게 현실 부정을 하는 건가.

그녀 또한 그런 구원의 표정을 읽을 수 있었다.

'지금 날 미친 애로 보겠지.'

하지만 그녀의 가슴에 희망의 불씨가 지펴졌다. 온몸에 다시 피가 돌기 시작한다. 둘 다 살릴 수 있다는 그 말 한마디가 가슴 안에서 한 자루의 촛불이 되어 타오르기 시작했다.

"나, 잠깐 화장실 다녀올게."

승언은 저 혼자 벌떡 일어나 링거 폴대를 드륵드륵 끌면서 복도로 나갔다.

도와주겠다는 구원의 손길조차 마다한 채로.

거울 살인

6

병실 화장실엔 아무도 없었다.

또다시 눈이 마주쳤다. 거울이 비추고 있는 자신과 내 모습이.

그녀는 손등에 꽂혀 있는 링거 바늘을 툭, 빼내었다.

부스스한 머리, 수척한 얼굴은 같았으나 저편 거울 속 그녀는 수술을 하지 않았다. 지금 훅 꺼져 버린 나의 배와 달리 그쪽엔 배가 통통하니 부풀어 있었다.

왼편의 내 삶에선 배 속에 아이가 살아 있었다. 그것만으로도 눈물이 핑 돌았다.

거울에서 거울로 넘어 다녔던 몇 번의 순간들을 떠오른다. 혼자서 너무 많은 선택을 해야 했다. 양날의 칼을 맨손으로 잡는 것처럼 잔혹하기만 한 선택을.

거울 건너편에 방금 죽은 용순이 살아 있는 걸 보았을 때, 피를 닦는 제언을 뒤로하고 다시 이 세상으로 넘어왔을 때, 병원에서 너무 격한 고통에 건너편 거울로 넘어갔을 때, 잡혀가는 제언을 차마 볼 수가 없어 다시 이 세상으로 넘어왔을 때.

우유부단하며 갈팡질팡했던 순간들이었다. 당시는 최선이라고 생각했던 결정이었지만, 상황은 점점 더 최악이 되어 버리고 말았다.

지금 꺼진 배를 안고 있던 그녀는 생각했다.

내가 내 스스로 아이를 죽이는 것만큼이나 최악의 선택은 더 없다. 어떻게 이보다 더 최악인 세상이 있겠는가. 아이를 잃은 채, 말간 구원의 얼굴을 또 봐야 하는 세상이 가장 끔찍한 세상이다.

나는 다시 넘어갈 것이다. 제언이를 무죄로 빼낼 수 있다면, 그러면서 우리 아이를 살릴 수 있다면…. 나는 그렇게 할 것이다.

앞으론 오른편의 세상이 그 어떠한 꼬임으로 날 유혹하더라도, 넘어간 왼편의 세상에서 무슨 일이 생기더라도, 다시 이곳으로 넘어오지 않겠다.

그 어떤 선택의 기회도, 이제는 차단하겠다. 그 어떤 운명도, 내가 선택하지 못하게 하겠다.

거울에 손을 대자, 잔잔한 파동이 일면서 거울에 비친 제 얼굴이 일그러졌다.

이것이 승언의 마지막 선택이 될 것이었다. 제언이를 살리고, 우리 아이를 살릴 수 있는 마지막 선택.

그녀는 계속 평행한 현실로의 시간 여행을 하고 있는 셈이었

거울 살인

다. 똑같이 시간이 흘러가고 있는 지금, 다른 선택의 순간으로.

그녀는 자신도 모르게 '제발, 제발.' 이 말을 숱하게 되뇌었다.

'둘 다 살릴 것이다. 제언과 아이 둘 다, 반드시, 무조건.'

그녀는 변기와 세면대에 다리를 올리고서 천천히 거울 안으로 들어갔다. 다시 한 번 냉혹한 찬기가 온몸을 감쌌다.

'쿵-'

건너편의 세상에서 제대로 세면대를 짚지 못했던 것인지, 그녀는 넘어가자마자 미끄덩하며 바닥에 쿵, 떨어지고 말았다.

뭐라 말할 수 없는 통증이 찾아왔다. 어디서 시작된 통증인지는 설명할 수 없었다. 그녀는 차가운 화장실 바닥 타일에 머리를 비빈 채, 으윽 몸을 웅크릴 수밖에 없었다.

화장실에 들어오려던 여자가 쓰러진 그녀의 모습에 놀라 '여기요' 하며 복도의 간호사들을 불렀다.

그녀는 간호사들에 의해 다시 병실로 옮겨졌다. 그제야 정신을 차린 승언은 침상에 누워 조심스럽게 자신의 아랫배를 살펴보았다.

"허억, 하아. 살아 있어. 살아 있어."

탱탱했던 배가 완전히 꺼져 버렸을 때의 그 상실감은 무엇으로도 말할 수가 없었다. 완전히 꺼져 버린 배가 다시 차올랐을 때의 기쁨 역시 마찬가지였다.

"아이가… 여기 있어. 내 배 속에서 살아서 움직이고 있어."

"그럼 살아 있죠. 태아 힘이 너무 좋아요."

간호사는 그녀의 배를 쓰다듬으며 말했다.

배 안에서 힘찬 태동이 느껴졌다. 활기찬 생명이었다. 그 아이와 나는 속에서 속으로 분명히 연결되어 있다.

그녀가 갑자기 쓰러졌다는 말에 달려온 담당의는 이것저것 수치들을 체크해 보더니 안도의 미소를 지으며 말했다.

"별 이상은 없습니다. 애가 엄마 고생을 너무 시키네요."

"엄마가 애를 고생시키죠."

그녀는 감격스럽게 말을 뱉었다.

"무슨 일 있었어?"

구원은 병원식이 담긴 식판을 들고 오며 말했다. 아까 오른편의 세상에서 봤던 것보다 훨씬 더 편안한 미소를 띠고 있었다.

간호사가 그에게 뭐라 설명하려 하는 걸 승언이 막았다.

"아무 일 없었어."

식판을 옆에 내려놓은 구원은 따스하게 승언의 어깨를 감싸 안으며 말했다.

"오빠한테 숨기는 거 없기로 한 거, 까먹지 않았지?"

"그래, 오빠."

구원은 승언의 배를 따뜻하게 매만지며 말했다.

거울 살인

"어쩜 이렇게 예쁠까. 우리 애기가 애기를 낳네. 엄청 신기하다."

왼편의 세상으로 돌아와 아이를 살렸다. 이제 살려야 할 것은, 지금 잡혀가 있는 제언이었다.

"우리 제언이 괜찮겠지?"

"에이, 걱정 말라고 했잖아. 우리 집안 최고의 에이스 변호사가 붙을 거야. 이미 밖에서 통화하고 왔어."

그의 미소는 그 순간, 세상 누구보다도 듬직해 보였다.

'그래, 진작 그가 옆에 있었어야 했어. 나 혼자 오락가락, 정신 나간 선택을 하기 전에. 갈팡질팡 헷갈리며 미친 정신분열을 겪기 전에….'

종잇장처럼 얄팍한 안도감이었지만 승언은 가만히 눈을 감았다. 아주 잠시라도 이 안도감에 취해 있고 싶어서. 내 배 속에 연결되어 있는 아이를 가만히 느끼고 싶어서.

콩닥콩닥-

내 안에 두 개의 심장이 있다. 우리 아가, 감귤이의 심장을, 내가 계속 뛰게 하겠다.

승언은 구치소의 면접실로 들어갔다.

그녀가 경험했던 거울 속만큼이나 온기라곤 없는 곳이었다.

곧 푸른 죄수복을 입은 제언이 파리한 얼굴로 나타났다. 마치 사슴 한 마리가 영문도 모른 채 덫에 갇혀 커다란 눈물만 뚝뚝 흘리고 있는 것 같았다.

그 착한 얼굴을 한 그녀에게 살인자라는 차가운 사슬이 감겨 있었다. 분명 승언은 그 쇳소리를 들었다. 가슴께가 디딜 곳 없이 완전히 무너지고 말았다.

"처제, 잘 있었어요?"

먼저 입을 떼어 말을 건넨 건 구원이었다.

제언의 힘없는 시선이 그에게 가닿았다가 덧없이 부서졌다.

"안녕하세요, 형부. 이런 모습으로 봐서 미안해요."

그 인사조차, 회칼로 가슴의 속살을 난도질하는 것처럼 아팠다.

"그래. 제언아, 밥은 잘 먹고?"

제언은 삐걱이는 목각 인형만큼이나 조용히 고개를 끄덕였다. 그 모든 것이 너무 침착하고 차분해, 승언의 눈가가 점점 더 붉어졌다.

제언은 그나마의 작은 희망으로 승언을 올려다보며 말했다.

"감귤이는?"

"너무, 잘 있지."

"우리 감귤이 언능 봤으면 좋겠다. 내가 이모가 되겠네. 좋다. 책은?"

승언이 가져온 수능 모의고사 문제집이 교도관을 통해 제언에게 전달되었다.

책을 받아 드는 제언의 손목은 어느샌가 참새의 발목보다도 말라 있었다. 가슴에 시퍼런 멍이 드는 순간이었다.

그러나 눌러야 했다. 이 울컥함도, 이 슬픔도. 아무리 괴롭다 한들, 지금 여기 갇혀있는 제언이보다 괴로울까. 우리 제언이 보다도 더 힘들까.

"나 유아 교육과 가기로 약속한 거 지켜야 할 텐데…. 여기선 공부가 잘 안 돼. 수능, 잘 못 볼 것 같아."

승언은 제언의 손을 잡아 주고 싶었다. 승언이 그녀의 찬 손에 어떻게든 온기를 조금이라도 전해 주고 싶어 덧없이 유리창만을 더듬고 있을 때, 뒤에서 철컥 문이 열리면서 누군가가 들어왔다.

살짝 품이 넓은 회색 양복에 금테 안경, 네모반듯한 서류 가방을 들고 들어온 이 중년의 남자는 구원이 선임해 온 변호사였다.

"누구셔?"

제언의 눈동자가 동글, 돌아갔다.

"사선 최고의 변호사님이셔. 오빠네 집안 고문이기도 하고."

"안녕하세요. 윤창수 변호사입니다."

그는, 정확해 보였다.

살짝 나잇살이 오른 얼굴이지만, 세상 모든 것의 시시비비를 정확히 가릴 수 있을 것 같은 인상이다. 왠지 목표한 바를 모두 이룰 것만 같은 사람이다. 그 날카로움에 신뢰감이 생긴다.

"홍제언 양, 반갑습니다."

작은 구멍만 뚫린 차가운 유리는 둘의 악수마저 가로막고 있었다.

"아가씨가 상당히 똑똑해 보이네요."

파리하게 마른 몸에 넘친 듯 커다란 죄수복. 그럼에도 불구하고 눈언저리에 머물러 있는 명민함을 그가 본 것일 게다.

"우리 처제, 괜찮겠죠?"

"정당방위로 무죄받기가 쉬운 건 아니지만… 저희에게 유리한 정황들이 적지 않습니다. 일단 질식사가 아니라 흉기로 인한 좌상, 그로 인한 과다 출혈이 제1의 사망 원인으로 나왔습니다. 경찰이 그 흉기를 못 찾았으니, 사실상 증거 불충분이고요."

찰칵, 플래시가 터지듯 승언의 머릿속엔 그때의 장면이 다시 떠올랐다. 깨진 유리 조각으로 용순을 찔렀을 때의 그 기억이…. 그때 손의 감촉을 생각하면 지금 다시 생각해도 몸서리가 쳐졌다.

그가 죽은 건 제언 때문이 아니다. 바로 나 때문이다. 배 속에 있는 애 낳겠다고 동생을 감방에 밀어 넣은, 그 처죽일 년이 바로 나다.

승언은 입술을 깨문 채 질끈 눈을 감았다.

거울 살인

"나머지는 아동 폭행 정당방위고요. 그 점만 잘 어필하면 걱정하실 건 없습니다."

"좀만 기다려, 제언아. 얼른 나와서 우리 아이랑, 너랑, 엄마랑… 우리 다 같이 행복하게 살자."

승언의 눈물은 볼도 거치지 않고 바닥으로 후두둑 떨어졌다.

"언니는 형부랑 살아야지, 결혼식 올리고."

결혼식, 그런 사치스러운 단어는 감히 상상해 본 적이 없다. 구원의 기대 어린 눈빛이 잠시 승언에게 머물렀지만, 그녀는 가당치도 않다는 듯 고개를 흔들었다.

네가 여기서 나올 때까지, 내게 행복한 날은 단 하루도 허락하지 않겠다는 다짐으로.

7

'와장창, 쨍그랑-'

오래된 재래시장의 한구석, 검은 카디건을 걸친 산발의 여자가 한 반찬 가게의 물건들을 모두 뒤엎으며 난동을 부리고 있었다.

승언의 엄마, 종선은 그녀의 와살스러운 손아귀에 떠밀려 그 반찬 위로 댕그랑 넘어지고 말았다.

오징어 젓갈부터 해서 온갖 반찬들이 종선의 몸 위에 찐득하게 뒤엉켜 달라붙었다. 그 위를 더욱 섬뜩한 목소리가 덮었다.

"어떻게 사람을 죽여 놓고 눈 껌뻑 뜨고 장사를 해? 살려 내, 내 동생! 살려 내라고!"

빗자루 같은 산발을 한 채 눈을 희번득하게 뜬 여자, 그녀는 바로 김용임이었다. 죽은 김용순의 누나.

그녀가 지르는 고함 소리에 시장 사람들이 웅성웅성 몰려들었다.

용임은 더더욱 사람들 들으라는 듯, 소리를 높여 악을 질렀다.

"아니, 나 같으면 억지로 먹으라 그래도 못 먹겠다."

그녀는 자리에 쭈그려 앉아 이것이 폐기물이라도 되는 듯 손에 반찬을 한가득 쥐고서는 종선의 앞에 뒤흔들었다.

"살인자년 키운 손으로 만든 반찬, 어떻게 이런 걸 사람을 입구녕에 넣을 생각을 해?"

"누가 살인자인데!"

쏟아진 새우젓갈 위에서 버둥거리다 겨우겨우 중심을 잡은 종선이 가까스로 자리에서 일어나 용임에게 매섭게 고함을 쳤다.

"지금까지 니 동생이 한 짓을 몰라? 태어나지도 않은 애를 찔러 죽이려 했다고, 그 미친놈이. 그럼 나 죽이려고 달려드는데 죽여라, 하고 가만히 있어? 정당방위, 몰라?"

"니가 집에서 어떻게 했길래 남편이 그렇게 나와?"

"그래, 처맞고 산 내가 죄인이다. 나 때리다가 힘이 빠지면, 애는 안 때리겠지…. 그래서… 그거 다 맞고 살았다고."

종선의 목소리가 어느새 울음으로 뭉개졌다.

그놈 아래서 우리 애들이 견뎌야 했던 그 세월을 생각하면, 마디마디 뼈가 끊겨져 나가는 듯한 기분이었다.

"그래서, 사람 죽인 집안에서 이제 애 낳고 단란하게 살겠다?"

허나, 용임의 눈에 자비라곤 없었다.

"암, 그 꼴은 못 보지. 누구 집안을 망치고 다리 뻗고 살려

87

그래?

"그래, 어디 끝까지 가 보자. 사단 한번 내 보자고. 이년아!"

종선과 용임이 엎어진 반찬 위에서 뒹굴었다. 손에 쥐어지는 걸 마구 비비고 쥐어뜯는, 그야말로 막싸움이었다.

주변 상인들은 어머어머, 추임새만 넣을 뿐, 선뜻 가운데 끼어들어 말리지도 못하고 있었다.

"이래서 재래시장은 안 돼. 다 못 배워서 저러는 거잖아?"

몇몇 손님들은 쯧쯧 도리질을 하며 뒤로 돌아갔다.

종선의 화려한 몸빼 위에 감자채와 낙지 젓갈과 무말랭이가 얼룩지고, 용임의 머리에선 혈흔처럼 김칫국물이 흘러내렸다.

이에 용임은 제대로 눈을 뜨지 못한 채 악에 받쳐 소리쳤다.

"내가 가만히 있을 줄 알아? 내가 당한 거, 두 배, 세 배로 돌려줄 거야."

그런 위협 따위, 뱃사람처럼 억세게 살아온 종선에게 하나도 무섭지 않았다. 어느덧, 종선이 용임의 머리채를 제대로 휘어감아, 용임이 이리저리 휘둘리는 모양새가 되었다.

그러나 딱 이 말 한마디에 종선의 손목 힘이 풀렸다.

"그러고도 니 손녀는 무사히 태어나길 바래?"

김용임, 그 여자도 용순과 똑같은 부류의 인간이었다. 사람의 가장 약한 부분이 뭔지 알고서, 가장 먼저 여기부터 불꼬챙이로 쑤시고 드는.

'손녀라는 건 어떻게 알았을까? 승언이 배 속 아이 성별이 딸이라는 건, 대체 어떻게….'

부들부들하던 종선이 바닥에 털썩 주저앉자, 용임은 쏟아진 반찬들을 한 줌씩 더 그녀의 얼굴에 짓뭉개 주었다.

"그러니까, 제대로 살으라고! 니가 잘못 살아온 과오! 니 손녀에게 돌아가기 전에!"

집으로 돌아가는 차 안에서도, 승언의 가슴은 도저히 진정이 되지 않았다.

너무나 쓰디쓴 죄책감에 입안의 침조차 제대로 넘어가질 않았다. 언제부터인지 모르게 돋아난 헛바늘이 쿡쿡 쑤시며 신경을 예민하게 건드리고 있었다.

"우리 제언이 괜찮겠죠?"

뒷자리에 앉아 있던 그녀가 조수석의 창수를 향해 불안한 목소리로 물었다.

"탄탄하게 준비할 겁니다. 저희 로펌 승률은 익히 들어 아시지 않습니까."

"우리 제언이, 좀만 더 잘 참아 주면 좋을 텐데."

"걱정 마세요.

"너무 고맙습니다, 고맙습니다. 잘 부탁드릴게요."

윤창수 변호사, 그가 우리 제언이를 구해 내야만 한다. 제발,

부디 제발.

구원은 이제 마음 놓고 있으라는 듯, 쉬라고 했지만 이 가슴의 불안증은 이제 숨을 쉬는 것만큼이나 당연한 일이 되어 버리고 말았다.

제언이 교도소에 들어간 이후, 내 심장 안에서는 끊임없는 진동이 쉬지 않고 울리고 있었다.

승언은 띠리링- 하는 전화벨에도 초식 동물처럼 화들짝 놀라, 몸을 떨었다. 울린 건 엄마의 전화였다.

"오늘 제언이 있는 데 가 보지도 못했네."

혈투가 지나간 자리, 온몸엔 오색의 반찬 국물들이 얼룩덜룩 배었다. 종선은 점포 안쪽, 불 꺼진 전등 아래서 혼자 깡소주를 마시고 있었다.

'어쩜 팔자가 이렇게 기가 막히게 꼬이는지. 그깟 생계가 뭐라고, 딸이 갇힌 곳에도 못 가 보고.'

그 생각을 하면 소주마저 체하는 듯, 그녀가 답답하게 마른 기침을 했다.

그 한숨 한 조각으로도 승언은 그녀가 얼마나 괴로워 하는지 알 수 있었다.

"우리가 얘기 잘했어, 엄마. 그러니까 걱정 안 해도 돼. 변호사님도 승산 있다고 했고."

"그래, 우리 잘 살자. 엄만 뭔 수모를 당해도 내 삶 살아 낼 테니까, 그러니까 너도 견뎌. 절대 포기하지 말고."

울음으로 뭉개지는 목소리에도 종선은 끝끝내 강인해지고자 했다.

"우리가 버티지 않으면, 제언이가 어떻게 버틸 수 있겠니. 내 삶이 아무리 지옥 같아도, 우리 제언이만 하겠니."

애끓는 설움에 말도 제대로 이어 가지 못하면서도, 엄마는 희망을 당부했다.

승언은 또다시 울컥하고 말았다.

"그래야, 니 아이도 견디고, 우리 제언이도 견뎌. 우리가 아무리 힘들어도 그 차가운 냉골방에 있는 제언이만큼 힘들겠니."

이미 승언의 가슴에도 찬바람 매섭게 몰아치는 냉골방이 있었다. 으스스한 냉기가 뻗쳐올라, 가슴부터 시작해 온몸 허옇도록 얼어붙게 하는 곳이 있었다.

"그럼, 엄마. 우리가 잘 견뎌야지."

그러나 내 가슴의 찬기 따위, 우리 제언이가 겪고 있을 일에 비하면 아무것도 아니었다.

'내가 한겨울 얼음밭에서 뒹군들, 불지옥에서 산 채로 불탄들, 우리 제언이만큼 고생스럽고 힘들까.'

어느덧, 구원의 차가 빌라 근처에 도착했다.

구원이 차 대고 올라가겠다면서, 승언과 창수를 앞에 내려 주었다.

그리고 승언은 느꼈다. 구원이 사라지고 난 뒤, 더없이 싸늘하고 건조하게 변한 창수의 얼굴을.

"여기가 새로 구한 신혼집인가 보죠?"

이는 명백히 비아냥거리는 말투였다. 방금 전, 자신만 믿으라고 했던 그 말과 너무 온도 차가 커 승언은 '네?' 하고 되물어볼 수밖에 없었다.

"이러려고 물려준 집이 아닐 텐데. 웬 여자랑 애부터 덜컥 들어서서, 그 집안 패륜 사건 뒤치다꺼리나 하면서 살라고 이런 집 해 줬겠습니까?"

목소리뿐이 아니라, 인상 자체가 변했다.

피식- 그의 입가에 떠오른 조소는 더 이상 그의 안에 선의가 있다고 보기 어려웠다. 아니, 그건 악인의 미소와 가까웠다.

"저, 약속은 지킵니다. 홍제언, 꼭 무죄 만들어 드린다구요. 단, 더 이상 우리 도련님 발목 잡지 않으면요."

순간, 승언의 머릿속이 표백된 듯 새하얘졌다. 제언의 무죄에 조건이 붙어 있었다. 아이 아빠, 구원을 포기하라는 조건이.

"변호사님!"

"그 집안에서 내린 결정입니다. 아이 지우고, 도련님 곁, 떠나세요. 그러면 약속해 드리죠, 홍제언의 무죄."

조건은 구원을 포기하는 데에서 끝나지 않았다.

'아이를, 지우라고? 내 배 속에 있는 아이를? 그게 조건이라고?'

그녀는 자기도 모르게 코웃음을 치며 말했다.

"그럼, 그럴까요?"

예상과는 다른 그녀의 반응에 창수가 살짝 놀란 듯 그녀를 바라보았다.

"누구 좋으라구요?"

"…?!"

"어떻게 지킨 앤데, 당신이 뭔데 지우라 마라야!? 제언이 무죄? 지금 뭘 갖고 뭘 협박해?!"

송곳이 튀어나올 것처럼 매서워지는 승언의 눈빛에, 창수는 잠시 움찔한 듯 보였다.

"냉정하게 생각해 보시면…."

"엄마한테 애 지우라는데, 그걸 어떻게 냉정하게 생각해? 당신 엄마가 당신 배 속에 있을 때, 다른 사람이 뭐라 하면 네 알겠습니다, 하고 수술대 가서 누웠을 것 같애?"

드세게 반격하는 제언의 기세에, 순간 창수는 아무 말도 하지 못했다.

"내 인생, 내가 혼자서 선택하기도 벅찬 사람이야. 근데 왜 남의 손에 내 선택을 맡겨? 내가 왜? 내가 여기까지 오려고 어떤 선택을 해 왔는지, 당신이 알아?!"

그녀는 창수의 멱살이라도 휘어잡을 듯 험악하게 다가가 소리쳤다.

잠시 후에야, 가까스로 평정을 찾은 창수가 표정을 바꾸어 물었다.

"홍제언 변호, 포기해도 괜찮겠습니까?"

문득, 거리에 주차되어 있는 차량 사이드미러에 승언의 얼굴이 슬쩍 비쳤다. 승언은 그 거울을 보지 않기 위해 필사적으로 창수만을 노려보았다.

"유죄 나오면, 당신 동생 인생 끝나는 겁니다. 지 애 살리자고, 살아 있는 사람 인생, 산 죽음으로 만들 겁니까?"

그 말도 승언에게는 피식 웃음만 나왔다.

"내가 그 선택, 안 해 봤을까 봐?"

창수는 미간을 찡그리며 그게 무슨 소리냐는 듯한 표정을 지었지만, 더 이상 그 씹어 죽일 새끼랑은 할 말이 없었다.

그녀는 매섭게 돌아서 빌라로 올라왔다.

구원이 일 층에 도착한 택배 물건까지 한 아름 안고서 집으로 올라왔다. 모두 육아용품이었다.

'우와, 뭐가 왔나', 구원은 의욕적으로 박스를 뜯는데, 승언은 소파에 앉아 텅 빈 벽만을 멍하니 바라보고 있었다.

뭔가 이상한 낌새를 눈치챈 구원이 그녀의 눈앞에 손바닥을 흔들었다.

"왜, 무슨 일 있어?"

그녀는 순순히 아까 있었던 일에 대해 말했다.

"아까 변호사님이 선택하라 그러시더라. 우리 제언이 무죄로 빼 줄 테니까, 아이 지우래."

"뭐?! 그게 변호사가 할 소리야?"

그제야, 승언이 고개를 돌려 구원에게 시선을 준다.

"이거 오빠 집안에서, 오빠 내치겠다는 뜻이야."

"알아서 하라 그래. 그게 뭐? 참, 아이를 지우라고? 그런 미친 놈을 봤나. 그런 놈이 무슨 변호사를 한다고."

구원은 펄펄 뛰며 허공에 삿대질을 했다. 그러다 다시 승언에게 다가와 그녀를 다독였다.

"승언아. 나 군대를 늦게 가서 그렇지, 너 먹여 살릴 만큼은 벌 수 있고, 능력도 있어. 금방 취직도 할 거고, 직장 다니면서 우리 아기 키우면서 잘 살 거야. 평범한 아빠로, 평범한 가정 이루면서."

그러나 삽시간에 승언의 얼굴에 울음기가 번졌다.

"그러다 제언이 유죄 되면? 평생 감옥에서 썩으면? 그러고도 내가 애 키우면서 행복하게 살 수 있을까? 거기, 원래 내가 들어갈 자리였어. 제언이가 나 말리다가 그렇게 된 거잖아?"

"그게 무슨 말이야. 이 변호사가 못 하겠다고 하면 다른 변호사 구하면 돼. 대한민국에서 변호사가 개 하나야? 애 갖고 딜할 문제가 아니라고! 집안 도움, 안 받으면 그만이야. 돈이 없어, 뭐가 없어?"

"혹시라도 우리 제언이 잘못되면…."

애간장이 촌촌이 끊어진다는 게, 이런 기분이었다.

"우리가 이렇게 객기 부려서, 혹시 제언이 잘못되면, 만에 하나 변호사 잘못 구해서 우리 제언이한테 무슨 일 생기면, 그럼 어떻게 해…."

잔뜩 울먹이던 승언이 결국 허물어지듯 구원에게 안겼다.

"우리 약해지지 말쟀잖아."

"제언이 잘못될 일 없겠지?"

"그럴 일 없대도."

끝끝내 다독이는 구원의 품 안에서 승언은 울음을 멈출 수가 없었다.

선택의 기회는 사람을 불안하게 한다. 불안을 자극하고, 몹쓸 상상을 만들어 낸다.

승언은 이제 그 무엇도 알고 싶지가 않았다. 내가 이 선택이 아니면 다른 무슨 선택을 했을까, 아주 자그마한 가정도 하고 싶지 않았다.

그럼에도 불구하고 단 한 가지, 당신을 선택했다는 것이 내 인생의 마지막 그물망이 되었다.

거울 살인

당신을 선택했기에 내 인생이 나락으로 떨어지지 않았다. 영원히 바닥으로 떨어지지 않고, 그래도 낙폭의 중간 어디쯤 그물에 걸려 있게 해 주었다. 바로 그가.

"오빠가 곁에 있어서 진짜 다행이다. 진작 오빠가 곁에 있는 세상에서 살았으면 좋았을 텐데…."

"이제 평생 같이 있잖아."

"나 절대 안 떠날게. 우리 아이가 있고, 오빠가 같이 있는 세상."

"응?"

"오빠 옆에 있겠다고."

"그래, 남편에게 의지 좀 하고 살아."

간절하게 그의 손을 부여잡았지만, 아직 '의지'라는 단어가 와 닿지는 않았다.

의지라. 내 삶을 누군가에게 의지한다라. 그게 가능한 걸까.

"같이 고민하고, 같이 선택하고, 같이 헤쳐 나가고. 그게 이상해? 그게 결혼이지?"

아직 그쳐지지 않은 울음결 사이에서, 승언은 희미하게 답했다.

"그러네."

그의 말을 믿고 싶었다.

나 혼자 차가운 거울 속을 넘나드는 건, 내가 바란 인생이 아니다.

그러니, 이제는 혼자서 절대 그 강을 건너지 않겠다고. 지금 잡은 이 손을 놓지 않겠다고. 어떻게든 당신과 함께하겠다고. 당신과 내 아이를 지켜 내겠다고.

거울 살인

8

 새로 선임한 변호사가 법정에 늦었다.

 가족들에겐 너무나 중요한 자리인 만큼, 그의 일거수일투족에 심장이 다 철렁했다.

 변호사는 심지어 말을 더듬었고, 사건 파악도 제대로 하질 못하고 있었다. 그 국선 변호사의 어리바리함에 판사도 혀를 끌끌 찼다.

 "그, 그러니까 피고는 학원을 갔다가 언니 전화를 받고 다시 돌아왔다는 거죠."

 보다 못한 판사가 사실 관계를 다시 짚어 줄 정도였다.

 "공소장 다시 읽어 보세요. 고인의 전화받고 돌아왔다고 쓰여 있지 않습니까."

 변호사가 남의 다리 긁는 소리를 할 때마다, 승언의 속은 굵은 송곳으로 긁히는 것 같았다.

 그나마 다행인 건, 잔뜩 여린 어깨에도 제 할 말을 또박또박하는 제언이었다.

"네, 의붓아버지 전화를 받고 돌아왔습니다. 당시 학원 친구들이 제 얼굴에 난 상처를 기억하고 있습니다. 수업 중에 갑자기 나갔던 것도요. 고의적 살해 의도가 있었다면 학원에 가지 않았을 것이고, 알리바이를 만들기 위해서라면 수업 중에 그렇게 일어서진 않았을 겁니다."

생각보다 또렷한 제언의 태도에, 승언은 놀랐던 가슴을 쓸어내렸다.

"이에 따라 피고인의 살해 동기가 장기간의 상해에 의한 정당방위임을 주장하는 바입니다."

그나마, 변호사가 했던 말 중에 이게 가장 정확한 발음으로 나온 말이었다.

시장 사람들의 수군거림에 엄마는 가만히 있지 않았다.

"어디 개눈깔을 뜨고 사람을 쳐다봐? 무죄 방면이 뭔지나 알아? 나라에서 법적으로 죄 없다고 풀어 주는 거야. 한 번만 더 그 눈깔 뜨고 보기만 해. 이 꼬챙이로 확 파 버려!"

"그 아줌마는 또 안 온디요? 어디 무서버서 장사를 할 수가 있어야지. 눈빛이 얼매나 독한지, 뭔 일 쳐도 치겠더만."

"벌써 신고 다 들어갔거든? 어디 태어나지도 않은 앨 갖고 협박을 해?"

쌍심지를 켜고 눈을 부라리던 종선의 눈빛이 걸려온 전화 한 통에 사르르 녹았다.

"아이고, 그러냐? 얼른 갈게!"

그녀가 반찬 가게를 열려다 말고 뒤돌아 달려 나갔다.

"이거 잠그고 가야지!"

이웃 상인이 자물쇠를 들고 소리쳐도, 돌아보지 않았다.

타는 듯한 긴장이 병원 복도에 흘렀다.

구원의 가족은 아무도 여기 오지 않았다. 벽에 붙은 4인조 병원 의자에 그나마 차분하게 앉아 있는 사람은 종선뿐.

구원은 거기에 엉덩이를 붙이지 못하고 왔다 갔다 초조하게 서성이고만 있었다.

"이 서방, 딸이라서 좋아?"

"…네."

"난 아들이었으면 좋겠는디. 아님 아주아주 독한 딸이거나. 어차피 인생 피해자, 가해자로 나뉘는 거면, 이왕이면 가해자가 낫지 않겠어. 맞은 놈이 발 뻗고 자기는 무슨. 이렇게 억울하고 분한데, 인생 가해자로 사는 게 낫지."

읊조리듯 담담히 한 말이었지만, 구원은 그간 장모님의 삶이 어땠을지 짐작이 갔다. 단 한 번도 허리 펴고 살지 못했을 그 삶을.

장모님께도 위로가 필요하다고 생각해 어설프게 그 옆에 앉은 그 순간, 정말로 영화나 드라마처럼 어디선가 찢어질 듯한 울음소리가 들렸다.

그가 앉은 자리에서 용수철처럼 벌떡 일어난 건 물론이었다.

핏기가 쏙 빠진 승언의 얼굴에 옅은 미소가 감돌았다.

새빨간 아이가 그녀의 품에 안기자, 미소 대신 또 울음이 터지려 한다. 말로 다 할 수 없는 감동의 순간이다.

어떤 일에도 울지 않던 구원도 딸을 안고서 조금 울었다.

간호사의 품에 다시 아이를 내어 주면서, 승언의 이마에 가만히 입을 맞추었다.

'고마워, 내 딸아. 내게 와 줘서, 정말 고마워.'

두 사람의 생에, 이토록 삶의 향기가 진했던 날은 없었다. 천 마디 만 마디 말로도 지금 이 순간을 묘사할 수가 없었다.

그렇게 두 부부가 헤어 나올 수 없는 감격에 빠져 서로의 손을 맞잡고 있을 때, 종선의 시선은 불안하게 뒤편을 향하고 있었다.

알 수 없는 그림자를 본 것 같았다. 죽은 전남편, 용순과 닮은 그림자를. 제발 잘 못 본 것이어야만 했지만, 왠지 그 그림자는 용임의 것일 것만 같았다.

모두가 잠들어 있는 어두운 병실에서도 종선은 선뜩선뜩 놀라 주변을 둘러보았다.

병실 문의 네모난 창에서 쏟아지는 복도 불빛. 그 불빛이 사진기가 찰칵, 하는 것처럼 잠시 가려졌다 여겼기 때문이었다.

'괜히 예민해져서 그런가? 간호사가 지나간 거겠지.'

잠시 후, 실제로 간호사가 들어와 잠든 산모들의 뭔가를 분주히 체크하고 나갔다.

종선은 정수리에 얼음 가루처럼 뿌려지는 싸르르한 예감은 애써 무시한 채 보호자 침대에서 다시 새우잠을 청했다.

종선의 예감은 틀리지 않았다. 이 병원에 용임이 찾아온 것이다.

용임은 병원 곳곳의 사진을 찍어 종선에게 보내려 했다. 그럼 쌈짓돈이라도 털어서 입금을 하겠지. 이렇게까진 해 줘야 겁을 먹지.

병원 밖을 나와서 외관까지 사진으로 찍고 있는데, 그녀의 어깨에 두툼한 손이 올라온다. 굳이 재킷을 벗지 않아도 온몸에 화려한 문신 꽃이 피었을 것 같은 두 남자들이었다.

매번 독기에 가득 차 있던 용임의 얼굴이 순식간에 싸늘한 공포감에 젖었다.

그녀의 앞에 곧 검은 차가 독사처럼 스르륵 당도했다. 같은 속도로 스르륵, 차창이 내려가더니 머리가 희끗희끗한 남자가 모습을 드러냈다.

"가게 문 닫았더라? 망했어?"

느물거리며 웃고 있어도 험악한 인상에, 갈라지듯 허스키한 목소리. 그는 통칭 박 전무라 불리는 남자였다.

"동생이… 죽었어요."

"미리 얘길 하지. 어차피 죽을 목숨, 통나무 털이라도 하면 누나 빚은 갚아 주고 갔을 텐데."

아무런 감정도 담겨 있지 않은 박 전무의 그 말에 용임은 사실 제대로 서 있을 수조차 없었다. 그 돈을 못 갚으면 그가 자신에게 무슨 짓을 할지, 너무나 잘 알고 있었기 때문이었다.

"겨울도 오는데 따뜻한 데 가 있어. 돈 떼어먹고 따뜻한 데 가 있고, 얼마나 좋아."

"그 집안 털어 볼 거예요. 동생 죽인 집안."

"털면 뭐 나오는데."

"그 집 사위가 쓸 만하겠더라고요. 비싼 변호사도 덜컥덜컥 사고."

"법으로 빽 삼는 놈한테 위핼 가하시겠다?"

"나한테 증거가 있어요, 빼도 박도 못할."

놀랍게도, 용임이 찾아냈다. 거울장 뒤 틈바구니에서, 피 묻은 유리 조각을.

경찰이 끝끝내 찾아내지 못했던, 사라진 흉기였다.

증거를 손에 넣은 그녀의 눈이 희번득해졌다. 그게 그녀가 살길이었다. 이걸 갖고 그 가족을 끝까지 물고 늘어질 생각이었다.

그 말들이 그나마 일리가 있다고 여겼는지, 박 전무의 표정이 살짝 변했다.

"겨울 오기 전까지야. 안 그럼, 넌 그냥 뺑소니 시체 될 줄 알아."

용임이 병적으로 고개를 끄덕였다.

"알지? 그 시체는 좀 가벼울 거라는 거."

알지, 왜 모르겠는가. 그의 손에 붙들리면 내 몸의 장기 한구석 온전히 남아 있지 않을 텐데.

"가자."

박 전무와 문신 꽃의 사나이들이 검은 차를 타고 사라졌다.

그제야 용임은 한숨을 놓았다. 가까스로 시간을 벌었으니 그동안 돈을 벌어야 했다.

가장 쉬운 건 깽판이었다.

9

집 안의 거울이란 거울은 모두 가려져 있었다.

화장실의 거울 위엔 누런 택배 상자가, 테두리엔 청록색 박스 테이프가 덕지덕지 붙어 있다.

한구석에는 아직 정리되지 않은 승언의 짐과 아기 짐이 두서 없이 쌓여 있다. 오늘은 승언이 조리원에서 돌아오는 날이었다.

"여기가 우리 집이야. 우리 여기서 살자."

승언은 귀엽게 입을 뻐끔대는 아기에게 할 수 있는 가장 다정한 말을 해 주었다.

가만가만히 눈을 깜빡이는 우리 아기 곁에서 엄마로서 가장 좋은 걸 해주고 싶었는데, 가장 따뜻하고 안온한 가정을 만들어 주고 싶었는데….

새벽 네 시.

부서질 듯 꿍꽝대는 현관문 소리에 승언이 화들짝 잠에서 깨었다. 누군가 미친 듯 현관문을 두드리기 시작한 것이다.

곧이어 구원도 번쩍 잠에서 깨어나고, 잠들어 있던 아이도 자그마한 목청을 터트려 꽝꽝 울기 시작한다.

"문 열어, 열라고!"

용임의 목소리였다.

승언은 그 자세 그대로 하얗게 얼어붙어 버렸다. 잠시 숨 쉬는 법을 잊어버린 것 같기도 했다.

"뭐야, 자기야?"

"엄마가 얘기했던 그 사람인 것 같애. 이 집은 어떻게 알았지?"

짧은 순간, 구원의 화가 머리끝까지 치밀었다. 아무리 그래도 여긴 아직 몸도 다 못 푼 산모의 집이다. 이제 태어난 지 이삼 주 된 신생아가 있는 곳이고.

구원은 문을 열고 나가 용임을 쫓아내려 했지만, 승언이 그런 구원을 간절히 붙잡아 말렸다.

"문 열어 주지 마. 무슨 짓 할지 몰라."

말이 통할 사람한테 말을 걸어야지, 저 여자 상대하는 건 정말 아무런 의미가 없는 짓이다.

"들어오자마자 주거 침입으로 신고할 거야."

"그런 거 안 먹혀, 저 여자한테."

"그럼 놔둬? 동네 창피하게?"

"오빠, 세상에 나쁜 사람 정말 많아. 그 사람들이 무슨 생각하고 사는지, 오빠는 상상도 못 해!"

문이 휘어져라 깡깡깡 발길질을 해대는 용임 때문에 빌라 사람들이 잠에서 깨어 고함치는 소리가 들렸다.

화가 난 구원이 경찰에 신고하려 휴대폰을 들자, 용임은 인터폰에 제 얼굴을 가깝게 들이대며 눈을 부라렸다.

"니가 떳떳해? 이걸 보고도 떳떳해?"

푸릇한 네모난 화면에 대고 그녀가 흔드는 건, 지퍼락에 담겨 있는 유리 조각이었다.

말라붙은 갈색 혈이 눌어붙어 있는, 한때 소주병의 일부였던 유리 조각. 용순의 심장까지 들어갔다 나왔던, 사라진 흉기.

"…!!!"

"여기서 발견된 게 뭔지 알아? 바로 네 지문이야! 니 동생 말고."

잠에서 깬 아이가 시종일관 몸이 부서져라 울어 대는데도, 온몸이 하얗게 굳어진 승언은 아이를 안고 달래 줄 수 없었다.

"저 여자가 진짜 미쳤나. 왜 저러는 거야?"

"…오빠 때문이야. 털면 돈 나올 거 아니까."

"돈으로 해결되는 일이면, 쉬운 일이야."

구원이 거침없는 걸음으로 금고 앞에 다가서자, 승언이 혼비백산 이를 막아섰다.

"안 돼."

"일단 조용히 시켜야 할 거 아니야?"

빌라 계단으로 쏟아지는 이웃들의 욕지거리는 더욱 거칠어졌다.

"어디서 입을 닫고 모른 척이야? 어떻게 동생한테 죄를 뒤집어씌워?"

쾅쾅쾅쾅-

그 끔찍한 소리 앞에서, 승언은 구원 앞에서 꿇어앉듯이 매달렸다.

"그렇게 한 푼 두 푼 갖다 주다가 안 갖다 주면 패고, 나올 때까지 패고, 사람을 무슨 현금 인출기로 알 거야. 깽판 치면 돈이 나오겠지, 더 맞아 보면 정신 차리겠지…."

"…!!!"

"나 저 집안에 평생 당했어. 저 집이 뭘 잘했다고, 우리가 돈을 줘?"

용임은 아직도 보란 듯이 지퍼락을 인터폰 화면에 대고 흔들고 있었다.

구원은 한 손에 휴대폰을 쥐고서, 이러지도 저러지도 못하고 있었다.

"신고하자, 증거 제출할 거면 하라 그래."

잠시 후, 구원의 신고에 경찰들이 찾아와 복도의 용임을 끌어내려 했다.

그녀는 더더욱 발악하며 온갖 악담을 뱉어 냈다. 저 이백일 호 사는 년이 내 동생 죽인 살인자라고, 동생 죽은 게 억울해서 내가 살 수가 없다고, 동네가 떠나가라 고래고래 고함을 치며 경찰차에 타기 전까지 난동을 부렸다.

그 모든 상황이 종료될 때까지, 승언은 아이의 귀를 꾸욱 막고서 발작적으로 도리질을 하고 있었다.

"소나야, 괜찮아. 아무것도 못 들었지? 엄만 너 그렇게 키울 거야. 너 맘속에 작은 그늘도 없이, 햇볕 쨍쨍하게."

애처롭도록 강박적인 중얼거림이었다.

"오빠, 나 정말 제대로 살고 싶어. 우리 애만큼은 정말 제대로 키우고 싶어."

"나도 그래, 승언아."

구원이 승언에게 다가가 어깨를 두드려 주었다.

"우리, 애기 앞에서 절대 큰 소리 내지 말자. 나, 지금 내가 너무 싫어. 이렇게 이쁜 소날 어떻게 포기하려 그랬나."

"그래, 그러자."

집 밖은 조용해졌지만, 아직 두려움은 떠나지 않는다. 언제 저 여자가 다시 쳐들어올지 모른다는 공포가.

매 순간이 불안으로 가득 찬다. 내 인생을 위협하는 그 몇 가지 때문에.

거울 살인

아이를 안고 마트에서 장을 보는데도, 모르는 사람들의 얼굴 사이에 저승사자처럼 떡하니 용임이 있을 것 같다.

성별이 다른 데도 용순처럼 닮은 용임이다. 마치 용순이 살아 돌아온 것만 같아, 지나가는 사람들 시선 모두를 죄인처럼 피하게 된다.

이때, 잔뜩 움츠린 그녀의 어깨를 잡아채는 사람이 있었다.

"꺄아-!"

자기도 모르게 소스라쳐 비명을 질러 버린 승언이다. 때문에 마트에 있던 사람들 몇 명의 시선이 그녀에게 의아하게 꽂혔다.

고개를 돌려보니, 옆엔 자기가 더 철렁한 듯 놀란 가슴을 쓸어내리고 있는 엄마가 있었다.

"왜 이렇게 놀래?"

엄마는 유니폼을 입고서 마트 시식 코너에 서 있었다.

그녀가 왜 여기에 이러고 서 있는지 파악되기까지 시간이 좀 걸렸다.

"엄마, 반찬 가게 정리한 거야?"

놀란 아이를 달래며, 또 그보다 놀란 제 가슴을 달래며 한 말이었다.

"왜 애길 안 했어?"

"제언이 뒷바라지하는 데 돈이 한두 푼 들어야지."

것 때문에 평생 해 온 반찬 가겔 접었다고? 그걸 그렇게 말도 없이 정리하는 게 어딨어. 딸이 멀리 사는 것도 아닌데, 미리 얘길 좀 하지.

"우리가 뒷바라지 다 한다니까."

"애 키우는 데는 돈이 한두 푼 드니?"

종선은 자연스럽게 소나를 안아 들고 달래 주며 말했다.

"아이고, 우리 손녀 너무 이쁘네. 애가 어쩜 이렇게 얌전해? 이 서방 새로 들어간 데, 일은 좀 어떻다니?"

"잘해 주지. 외삼촌 쪽 회산데."

"그 집안이랑은 연 끊었다며."

"그래도 친척이 많은가 봐. 회사에서도 예뻐한대."

"으이그, 남자 너무 믿는 거 아니야. 너도 몰래몰래 딴 주머니 만들어 놓고, 네 명의 확실히 챙기고. 혹시 제언이 잘못되면 우리 손으로 빼내야지, 남의 손에 맡기면 못 써."

이에 승언은 확 기분이 상하고 말았다.

"엄마, 그 사람은 달라."

"느이 친아빠 안 그랬니?"

"엄마?"

"김용순은 안 그랬지?"

김용순, 그 세 글자의 이름에 그때의 유리 조각이 내 가슴에 휙 날아와 박히는 듯한 통증이 일었다.

"미쳤어? 여기서 그 인간 얘기는 왜 해?"

"똑똑하게 살라는 거야. 어쩜 부모나 자식이나 이렇게 똑같은 길 걷는지."

"난 엄마처럼은 안 살아."

"정색하기는. 누가 보면 딸 사는 거 질투해서 이간질하는 줄 알겠다. 어디 한번 살아 봐. 엄마 말 틀리는지."

다시 소나를 안아들고 돌아서서도 한번 구겨진 인상이 도저히 펴지질 않는다. 엄마가 살아온 인생이 그러했으니 너의 인생도 그럴 것이다, 참으로 무참하고 끔찍한 예단이었다.

'절대 엄마처럼은 안 살아, 내 딸은 절대 그렇게는 안 키워.'

아무리 버둥거려도 깊은 강물의 흐름처럼 천천히 천천히, 엄마가 살았던 삶의 궤적을 따라갈 것만 같다. 엄마가 살았던 생은 그 생 하나여서. 내가 보고 살아왔던 생도 그 생 하나여서.

잘 살아 보고자 하는 욕망 또한 고정되지 못한 채 둥둥 떠다니는 강물의 나뭇가지 같은 걸까. 검푸른 그 강물은 기어이 날 불행의 늪으로 빠지게 할 것인가.

아이를 안고 집에 돌아오는 데에도, 끝끝내 발목이 무거웠다.

가능한 한 애써 힘차게 부정하고 싶은 말이었지만, 이미 시작된 불안은 끝끝내 가슴 깊은 곳에 원유처럼 끈적하게 일렁이고 있었다.

오늘 좀 늦을 것 같다면서, 구원에게 전화가 걸려왔다.

"응, 나도 알아, 회식. 다녀와. 언제 끝날지는 모르고? 아냐, 걱정 안 해. 이제 신입인데 빠질 수 있나. 집에서 소나 잘 보고 있을게."

그렇게 구원의 전화를 받는데 무심결에 벽이 공(空)으로 보인다. 그림자도 원근도 아무것도 없는 그냥 빈 공터. 마치 최면처럼 천천히 빨려 들어가, 아무것도 없는 곳에서 영원히 헤매게 될 텅 빈 공간.

'그래, 그런 공간이면 이미 경험한 적이 있지. 차라리 그곳이 편할까.'

정신을 차리려고 애써 머리를 흔들자, 다시 거실의 집기들이 현실감을 찾으며 제자리로 돌아왔다.

"오빠, 우리 식은 올릴 수 있을까?"

전엔 생각한 적도 없이 불쑥 튀어나온 말이었다.

"응?"

아냐, 아냐. 내가 이 말을 왜 했지.

"아니야. 들어와서 나 깨우지 말고 씻고 자."

아무렇지 않게 전화를 끊고 불을 끄고, 침대에 누웠다.

남편 없이 잠에 드는 게 그새 조금 낯설었지만, 안 그런 것처럼, 원래 이 집에서 혼자 살아온 것처럼, 애써 애써 오지 않는 잠을 청했다.

거울 살인

톡톡-

한밤중에, 자고 있는 그녀를 누군가 건드려 승언은 소스라치게 놀라며 일어났다.

"어휴, 놀래라. 깨우지 말래도."

침대 옆에 앉아 자신을 가만히 보고 있는 사람은 다름 아닌 구원이었다.

"깨울 일 있으면 깨워야지."

침대 곁에 스탠드를 켜면서, 승언은 눈을 비볐다.

"지금이 몇 시야? 어우, 생각보다 얼마 안 됐네. 회식, 빠지기 힘든 자리라며."

이때, 불쑥 구원의 손에서 반지 케이스가 등장했다.

너무 갑작스러워 이게 무슨 의미인지 알아채는 데 또다시 시간이 필요했다.

"…!!!"

영화에서나 보았던 프러포즈였다. 자는데 깨워, 불시에 청혼을 하는 것.

그 주인공이 지금 내가 되었다는 게, 믿어지지가 않았다.

"너무 늦었지? 프러포즈?"

"프러포즈? 콜록"

말도 잘 안 나와, 살짝 사레가 걸린 듯 기침을 하게 된 승언이다.

"아까 그 말 들렸어? 그냥 해 본 말인데. 제언이 나와야지, 나학교도 졸업해야지…. 우리가 식 올릴 틈이 어딨어? 그냥 살아야지."

"그러다 소나 옹알이하겠어요. 엄마, 아빠 왜 결혼사진이 없어요?"

구원은 잔뜩 움츠린 승언의 손을 꺼내어, 직접 반지를 끼워 주었다.

"그러니까, 결혼하자."

이럴 줄은 몰랐다. 프러포즈를 받았다고 펑펑 우는 건, 영화에서나 있는 일인 줄만 알았다.

행복하기로 정해진 사람들 있잖아. 좋은 가정에서 자라, 곱게 자란 사람들. 나처럼 자격 없는 사람 말고. 말도 안 돼. 이 순간에 웃어도 되나. 내가 이걸 받고 좋아해도 되나.

내 삶에서 행복으로 가는 길은 빨간 표지판으로 가로막혀 있는데 구원이 운전하는 차가 그 표지판 따위 뻥, 차 버리고 마구 돌진한 느낌이었다.

"울게 만드냐."

그의 눈빛이 좋았다. 똑바로 나를 바라보는 눈빛.

나는 그에게 잘 웃어 주지 못하는데, 그가 나에게 웃어 준다. 예전엔 한심했고 지금은 예민한 나에게, 자주 불안해하고, 주로 힘들어하고, 매일 악몽을 꾸는 나에게 그가 자꾸 웃어 준다.

그의 사랑이 믿기지가 않아서, 누군가 날 이렇게 좋아해 준다는 게 쉽사리 동의가 되지 않아서, 이런 반지를 끼게 해 준다는 게 아무리 생각해도 현실 같지가 않아서, 그래서 자꾸만 눈물이 흘렀다.

"소나야, 엄마 결혼한다!"

장난스레 말하고서, 두 사람이 웃었다.

'가정'을 꾸려 놓고도, 그 단어가 생소했는데, 이제는 진짜 '가정'이 되는 것 같았다.

'그래도 될까, 내가. 좋다고 웃어도 될까?'

그날 새벽.

승언은 넋 놓고 잠들어 있는 구원의 얼굴을 잠시 보다가 불 꺼진 화장실로 향했다.

아직도, 화장실 거울은 박스와 박스테이프로 꽁꽁 가려져 있었다. 그렇게 나의 퇴로를 꽁꽁 막아 놓은 것이었다.

잠시 후, 어둠에 익숙해진 눈에 아득한 그림자가 보인다. 박스테이프 너머 실낱같은 틈 사이로 내가 모르는 세상이 돌아가고 있다. 문틈으로 보이는 티저 화면처럼.

아직도 그 세상이 끝나지 않았다는 사실이 나를 절망스럽게 했다. 그래도 이를 앙다물어야 한다. 나는 이곳에서 내 남편과 행복하겠다. 엄마와는 다른 가정을 꾸리고서, 웃으며 살겠다.

아주아주 얇게 비치는 박스테이프 틈. 이조차 보고 싶지가 않아, 승언은 그 위에 테이프를 더 몇 겹으로 붙여 올렸다. 나에게 아주 적은 기회도 허락하지 않겠다는 듯이.

그녀의 바쁜 손 위에 어른거리는 아주 작은 반짝임이 있었다. 구원이 끼워 준 좁쌀만 한 다이아 빛이, 화장실 타일에 아주 잠시 반사되었다.

10

"피고인 홍제언의 유죄를 선고합니다."

이건 꿈이어야 한다.

순식간에 법정이 충격과 오열로 가득 찼다. 바닥에 쓰러지며 악다구니와 같은 오열을 내지르는 건 종선이고, 눈도 깜빡이지 못한 채 흐르지 못한 눈물만 가득 담고 있는 건 제언이다.

선처를 바라고자 간만에 교복까지 깨끗하게 다려 입고 온 아이다.

제멋대로 자라난 앞머리 사이로 예전 김용순이 내었던 우둘투둘한 흉터가 징그럽게 흠칫 모습을 드러냈다. 그 끔찍했던 악의를 이 조그만 여고생의 이마에 새겨 놓은 것처럼.

국선 변호사는 수백 번 반복해 온 패배인 듯 무력하게 짐을 챙겼다. 여기서 더 있다간 폭주하는 종선에게 맞아 죽겠지 싶어, 서둘러 줄행랑을 놓으려 하는 것 같았다.

그 비겁함에 제언의 얼굴이 더더욱 하얘졌다. 이런 사람이 내

운명과 삶을 대변하는 자리에 서 있었다는 게 믿기지 않는다는 눈빛이었다.

승언은 바로 그 자리에서 실신할 뻔했다. 허공에 뿌옇게 흩어지고 있는 정신을 끌어모아 도망치듯 자리를 뜨고 있는 변호사를 따라갔다.

"할 수 있다고 했잖아요,"

법원 로비에서 승언이 변호사의 옷자락을 휘어잡았다.

"무죄 만들어 줄 수 있다고 했잖아요."

"여기까지가 제가 할 수 있는 최선입니다."

"죄 없는 내 동생이! 형을 받았어! 근데, 이게 최선이라고?!"

심지어 뻔뻔하기까지 한 패배자의 말에 온 혈액이 거꾸로 솟구쳐 튀어 오르는 게 느껴진다.

"왜 죄가 없어요. 피해자 김용순 씨 목에 홍제언 씨 손자국이 선명합니다. 사람 죽인 거 맞잖아요. 가슴에 난 좌상도 홍제언 씨가 한 거 맞구요. 상해 입은 딸 홧김에 복수! 딱딱 들어맞잖습니까?!"

"그게, 걔가 진짜로 잘못한 게 아니잖아! 잘못한 사람은 따로 있잖아! 정당방위로 나올 수 있다며! 무죄 판례가 있다면서!"

끝끝내 그의 멱살을 잡고 악다구니를 쓰게 되는 승언이었다.

"진정해, 승언아."

장모님을 챙기느라 뒤늦게 따라온 구원이 그제야 승언을 말렸다. 그러나 이미 패닉이 된 승언의 눈엔 아무것도 보이지가 않았다.

"오빠, 그 변호사 다시 찾아가자. 우리, 항소하자. 이게 어떻게 유죄야?!"

끓는 듯 튀쳐나오는 말 한마디 한마디에 애간장이 마디마디 끊어진다.

이건 말도 안 된다. 어찌 미성년자가 유죄 판결을 받는단 말인가. 상해 입은 세월이 몇 년인데. 그 증거가 저 이마에 떡하니 박혀 있는데….

그간의 목격자가 없었다는 이유로, 우리 꿋꿋한 제언이가 담임한텐 그런 말 일언반구도 꺼낸 적이 없다는 이유로, 가까이 지내어 증언해 줄 이웃이 없다는 이유로, 상해가 인정되지가 않았다.

김용순이 우리를 패고 때린 일이 이 세상에서 없던 일이 된 것이다. 그야말로 시뻘건 피 분수가 용솟음칠 일이었다.

문득, 저편에 다른 세상이 보인다. 법원 로비에 크게 세워져 있는 거울에서였다. 보지 않으려 고개를 돌리고 외면할 틈도 없이, 이미 저 세상은 뚜렷하고 선명했다.

거기엔, 세 가족이 있었다. 나와 엄마와 제언.

아이와 구원은 없지만, 세 가족이 똘똘 뭉쳐 손을 잡고 있었다.

그 법원, 무죄판결로 풀려난 사람은 바로 나였다.

"엄마."

그곳에서의 나는 오늘과는 다른 눈물을 흘리고 있었다. 그건 안도와 희망의 눈물이었다.

'내가 구치소에 있다가, 내가 풀려났구나. 오른편의 세상에서는, 원래의 세상에서는.'

"승언아, 너무 고생했어. 이제 우리 셋이 단란하게 살자."

그렇게 승언을 쓰다듬고 끌어안는 엄마의 곁에는 고압적이지만 제 할 일을 제대로 마친 변호사, 윤창수가 있었다.

"말씀드렸지 않습니까, 무죄 만들어 주겠다고."

아마 딜이 있었을 것이다.

구원과 완벽하게 헤어지면, 무죄를 만들어 주겠다는 조건을 내가 받아들였겠지. 아이를 잃어버린 내가 계속 구원을 보고 싶지는 않았을 테니까.

"오빠는… 어떻게 지내고 있어요?"

그곳에서의 내가 그에게 물었다.

"약속했잖아요. 다시 보지 않겠다고. 만약 다시 도련님 보면, 그땐 제가 항소할 겁니다. 홍승언 씨 유죄라고."

"그래, 걔는 물어서 뭐해. 이제 새 인생 시작인데. 우리끼리 잘 살자."

엄마는 변호사 창수에게 몇 번이고 고맙다 고개 숙여 인사를 했다.

창수는 제 할 일 다 했을 뿐, 인사도 받을 필요 없다는 듯 싸늘하게 돌아서 법정을 나갔다.

"언니, 나 그동안 모의고사 성적 엄청 올랐다? 완전 이 악물고 공부한 거 알아? 나 아무래도 법대 가야 할까 봐."

제언은, 여기서도 교복을 입고 있었다.

그녀는 학생이었다. 죄수복 입은 수감자가 아니라, 학교 다니는 여고생. 제언의 얼굴엔 화장기 하나 없이도 갓 따낸 복숭아처럼 맑은 생기가 돌고 있었다.

거울 저편에서 보이는 제언의 모습이 너무 예뻐 지금 세상의 승언은 어느덧 그 앞까지 기어가, 네모난 거울 프레임을 탕탕 치고 있었다.

"우리 제언이, 너무 예쁘다. 그래, 가서 공부하자. 다시 학교 다니고 그러자."

구원의 눈에는 승언이 제대로 실성해 거울에 비친 제 얼굴을 보며 헛소리를 하는 것으로만 보였다.

"여보, 정신 차려!"

"제언아, 제언아!"

이건 아무리 생각해도 말이 안 됐다.

"미성년자가 실형 선고받는 게 말이 안 되잖아. 툭하면 선처 선처, 그토록 자애롭던 법원이 우리 제언이한테만 이럴 리 없잖아. 이건 말이 안 되잖아."

승언이 구원의 손길마저 뿌리치고 거울 프레임을 탕탕 쳐대며 난동을 부리자, 저편에서 청원 경찰들이 달려오기 시작했다.

그녀의 몸부림에 세워져 있던 스탠딩 거울이 그녀를 향해 넘어지려 했다.

순간, 자기도 모르게 저 거울이 나를 덮쳐 다시 저편의 세상으로 넘어갔으면 좋겠다는 생각을 했다.

그러나 구원과 경찰들이 넘어지려는 거울을 잡고 버텨, 그녀는 바닥에 옹송그린 채 그대로 있었다.

여전히 여기였다. 우리 제언이가 살인자가 된 이 세상.

"말도 안 돼, 우리 제언이가 어떻게 유죄야. 으허어허어헝…"

찬 바닥에 머리를 비비며 그녀는 울었다. 아무리 소리 지르고 난동을 부려도, 분이 풀리지가 않았다. 그 뒤로 어떻게 집에 돌아왔는지는 아무런 기억이 없었다.

제언이 어떤 표정도 짓지 못한 채 하얗게 굳어져 있다. 눈물은 볼도 거치지 않고 바닥으로 뚝뚝뚝 떨어지고 있다.

여기는 교도소. 그녀가 살인자의 죄를 쓰고 오래오래 살아야

할 곳이다.

그리고 이곳은 오른편의 세상, 세 가족은 웃고 있었다.

승언의 힘든 구치소 생활이 끝난 기념으로 하하하호호 우리 모두가 웃고 있었다.

그 모습이 거울을 통해 보인다. 이를 바라보며, 승언은 도저히 잠에 들 수 없었다. 옆에 누워 있던 구원이 뒤척이며 말했다.

"나 내일 회사 가야 돼. 얼른 자."

형광등 근처, 얼굴이 살짝 비치는 스테인리스에 거울 우편의 세상이 비쳐 보인 것이다.

"혹시, 저거 가려 주면 안 돼? 자꾸 악몽을 꿔. 오빠."

"응? 뭐?"

구원이 미간을 찡그리며 뒤척이자, 승언이 직접 침대에서 일어났다.

"아니다. 내가 할게."

"자꾸 왜 그러는데. 왜 거울만 보면 기겁을 해?"

"뭐가 옳은 건지 모르겠어서 그래. 거울만 보면, 말도 안 되는 게 보여."

"내일 병원 가 볼래?"

"내가 아픈 것 같아? 병원에다가 이걸 어떻게 설명해?"

그녀는 화장대에 놓여 있던 컴팩트 하나를 꺼내어, 손끝을 대었다.

승언에게는 그 손끝이 마치 푸딩에 손을 넣는 것처럼 쏘옥 빨려 들어가는 것처럼 보이는데, 구원에게는 그 모습이 그저 그냥 톡톡 거울을 건드리는 것처럼 보였다.

"내일 병원 가 보자."

어둠 속에서 나지막이 내뱉는 구원의 한숨에, 승언은 질끈 눈을 감았다.

'이걸 어디에 말해. 뭐라고 설명해. 어떻게 말해.'

거울에 내 또 다른 삶이 비쳐 보인다고. 그것이 희극이든 비극이든, 내가 하지 않았던 선택이 거울로 찾아와 죽도록 날 괴롭게 한다고, 그걸 어떻게 설명할 건데.

피로감에 못 이긴 구원이 다시 베개에 얼굴을 파묻는 순간.

쾅쾅쾅-

다시 질겁하게 하는 소리가 들려왔다.

"문 열어, 문 열어!"

발작적인 용임의 목소리였다.

역시나 아이가 깨서 엉엉 울었고, '지금이 몇 시야?!' 하는 이웃들의 욕지거리도 한 겹 한 겹 보태지고 겹쳐졌다.

승언은 정신을 차릴 수 없었다.

아주 잠시지만, 모든 게 다 진절머리 난다는 듯 베개를 던져 버리는 구원의 행동이 더더욱 그녀를 위축되게 했다.

당신이 날 선택한 걸 후회하는 건 아닐까, 걱정스러웠지만 쾅쾅쾅- 현관문에서 천둥 벼락이 내리쳐대자 이를 깊게 생각할 시간도 없었다.

"저년이 살인자야! 동생한테 죄를 뒤집어씌운 게 저년이라고! 내 동생 죽이고서 잠이 오냐? 미친년아, 이 찢어 죽일 년아!"

생전 듣도 보도 못한 욕이 바로 문 틈새로 쏟아졌다.

이러다 도어락이라도 망가지는 게 아닌가 걱정될 정도. 결국은 저 여자가 저 문을 뜯고 이 안으로 달려들 것만 같았다.

우는 아이를 안고 울지 마, 울지 마, 달래고는 있는데 일단 나조차도 울음을 멈출 수가 없었다.

그러면서도 그녀는 침을 꿀꺽 삼키고 삼켜, 마음을 다잡았다. 아무리 속이 썩어 문드러져도, 해야 할 일이 있었다. 내일 제언이의 면회를 가야 한다.

제언의 얼굴은 하루 새 믿을 수 없을 만큼 말라비틀어져 있었다.

"감귤이도 데려오지. 보고 싶었는데, 우리 조카."

"소나. 이제 소나라고 불러줘."

"아니다, 여기 데려올 데가 못 되는구나."

구멍 뚫린 유리 벽 너머로, 제언이 성마르게 웃는다.

"대신 언니가 자주자주 올게."

"응, 책 좀 많이 갖다 줘. 나… 공부 더하고 싶어."

"제언은 나랑 달라서 머리도 똑똑하고 앞길도 창창한데. 거기 내가 있어야 하는데."

생각할수록 목이 메는 일이다. 왜 우리 제언이가, 저기 있는 걸까.

"그런 말 하지 마."

하루하루 깊어지는 제언의 눈빛이 승언을 더더욱 끔찍하게 했다.

그 안에선 시간이 어떻게 흘러가고 있는지 몰라도, 그녀의 눈빛이 하루가 다르게 어른이 되어 가고 있었다. 애써 웃어 주는 배려도 그렇고, 짙은 체념의 그림자도 그렇고.

핏기를 잃어버린 채 쩍쩍 갈라진 입술에 또래들처럼 틴트를 발라야 하는데. 아니, 립밤이라도 가지고 올걸. 이건 너무하잖아. 이건 정말 너무하잖아.

배 속 깊은 곳에서 복통이 시작되었다. 창자가 끊어지는 아픔이 바로 이것이었다. 감히 내가 너의 앞에서 어디가 아프다, 말할 수가 없어 서둘러 면회를 종료하고 식은땀을 삘삘 흘리며 밖으로 나왔다.

교도소 밖에서 힘겹게 힘겹게 발을 옮기고 있는데, 목덜미 뒤

거울 살인

에 사시미보다도 날카로운 목소리가 꽂힌다.

"왜 애먼 애를 잡아? 자기가 죽여 놓고?"

승언이 핏발선 눈으로 뒤를 돌아보았다.

동화 속 마귀할멈을 실제로 대면한다면 이런 느낌일까. 모골이 송연해지면서, 디멘터처럼 모든 희망이라고는 죄다 빨아먹어 버릴 것 같은 그 모습이.

"한땐 고모였는데, 눈 좀 곱게 뜨지? 눈 튀어나오겠다?"

약해 보이고 싶지 않아 할 수 있는 힘껏 용임을 노려보았지만, 그녀는 조금도 개의치 않는다는 듯 천천히 승언의 앞에 섰다.

"증거 제출한다더니, 왜 안 갖다 줬어요?"

"갖다 주긴, 평생 울궈 먹어야지. 내가 원하는 거 따로 있는 거 몰라?"

"우리가 무슨 ATM으로 보여요?"

"그런 말 하는 거 자체가 니가 아직 나락으로 안 갔단 얘기야. 항소했대매. 니 동생 무죄 나왔을 때 갖다 줄 거야. 너 집어넣으라고."

"도대체 당신 원하는 게 뭐야? 내가 어디까지 가야 직성이 풀리겠어?"

"니가 행복한 게 꼴 보기 싫어. 사람을 죽여 놓고."

뭐라고? 정말 기가 차는 말이었다.

"내가 행복해 보여요?!"

"든든한 남편이랑, 토끼 같은 딸내미랑 행복하잖아, 너."

"내가 불행해지면, 만족하겠어요? 이 거지 같은 세상, 어떻게든 살아 보려고 발악을 해도 매번 최악인데, 그거 견디고 살기도 힘든데, 내가 당신 조롱까지 받아야겠어?"

"이게 조롱으로 보여? 나도 죽기 살기로 살아, 미친년처럼 하루하루."

이에 승언은 더더욱 독기를 띠고 핏발을 세웠다.

"당신 집 주소 어디야? 주소 불러 봐."

"뭐?"

"당신 말대로라면 내가 살인자네. 내가 죽여 놓고 동생한테 마무리시키고, 심지어 그것까지 덮어씌우고."

그녀의 눈빛엔 예전과는 다른 살기가 등등했다.

"한 번 사람 죽여 본 사람이, 두 번 못 죽이겠어?!"

용임은 이에 잠시 압도당하는 듯하다가,

"고양시 덕양구 행신 2동 1532번지."

풋, 비소를 지으며 제 주소를 불렀다.

"거기에 뭐가 있는지 알아? 아무것도 없어. 남편, 자식, 동생, 가족… 아무것도 없다고. 있잖아, 아가야. 협박은 잃을 게 없는 사람이 하는 거란다. 니 아가, 니 서방 목숨 아까운 줄 알면, 니가 이러는 게 아니지. 우리 아가, 생후 몇 개월이지?"

싸르르-

뒷목에서부터 시작해, 온몸의 혈관에 찌릿한 전기가 흐르는 듯했다. 눈앞에 번쩍한 섬광이 잠시 스칠 정도. 언뜻 비치는 그녀의 실루엣에 소름이 쫙 끼친다.

"니가 잊었나 본데, 나 김용순 누나야."

내가 죽여 버린 그 남자, 김용순의 실루엣. 그가 다시 되살아와, 내게 복수를 예고하는 듯했다.

용임이 축축 흘러내리는 검은 카디건을 휘날리며 돌아서자마자, 승언은 핑 도는 현기증에 풀썩 제자리에 주저앉고 말았다.

내가 왜 살아가는 거였더라, 도저히 답이 나오지 않던 순간이었다.

교도소에서 집으로 돌아가는 과정은 지난했다.

바싹바싹 속은 타들어 가는데, 버스를 여러 번 갈아탔다 내려야만 했다. 마치 다른 차원에 존재하던 세상에 대중교통을 타고 다녀온 듯했다.

마음이 조급했다.

'소나 옆엔 내가 있어야만 한다.'

초조한 마음에 열 손가락의 손톱 끝이 뭉텅하게 갈라져 버렸다.

11

그날 오후, 소나를 맡긴 가정 보육 어린이집.

아이들 옹알대는 소리만 가득하던 그곳에 찢어질 듯한 비명이 들려왔다.

"소나야, 소나야!"

승언이 신발도 벗지 않은 채, 미친 듯이 안으로 들어와 소나를 찾은 것이다.

0세 반 핏덩이들이 꼬물대고 있는 그곳에선 내 딸, 소나가 보이지가 않았다.

"소나야, 소나 어딨니?"

더더욱 승언의 눈이 뒤집어졌다.

"소나 어머님, 어머님!"

어린이집 선생님이 난동을 피우는 승언을 막았다.

"선생님, 우리 소나 어딨어요? 소나야!"

"오늘 안 맡겼잖아요?"

거울 살인

"그게 무슨 소리예요? 오늘 밖에 나갈 때, 남편이 맡겼을 텐데."

"으음? 아닌가?!"

이에 승언은 소리를 빽- 질러 버리고 말았다.

"똑바로 말 못 해요?!"

"아유, 생각하고 있잖아요. 왜 소릴 지르고 그래요. 남편이 맡겼음, 아버님한테 먼저 전화해 봐요."

그녀가 내뿜는 불안함의 바이러스가 순식간에 퍼져 나간 듯, 주변의 아이들이 하나둘씩 울음을 터뜨렸다. 그것도 아주 서러운 울음으로.

보육교사는 이래서는 곤란하다는 듯, 승언을 밖으로 내쫓았다.

"어머니, 나가서, 나가서 얘기하세요."

어린이집 앞, 승언은 집착적으로 구원에게 전화를 걸었다.

"여보세요?"

"여보, 우리 소나가 없어졌어. 소나 어딨는지 알아?!"

돌아온 구원의 답은 놀라우리만치 태연했다.

"오늘 예방 접종 때문에 병원 데리고 간다고 했잖아."

"뭐?"

"기억 안 나?!"

아가용 카시트에 소나를 앉히고 운전하고 있는 듯, 그의 옆에선 태연한 옹알이 소리가 들려왔다.

'우리 소나, 거기 있었구나.'

그제야 승언은 가슴을 쓸어내리며 바닥에 주저앉았다.

"아, 맞다. 그랬지."

"여보세요, 여보세요? 왜 그래? 무슨 일 있어?"

승언은 전화기를 툭 내려놓은 채, 훌쩍거리기 시작했다. 아직도 너무 심장이 벌렁거린다.

교도소에서 버스를 타고 돌아오는 내내, 나쁜 상상이 최악의 끝단까지 뻗쳐 나갔기 때문이었다.

'만약에 우리 소나를 잃어버린다면, 소나가 없어진다면… 그땐 내가 살 수 있을까. 나에게 엄마라는 말을 들을 자격이 있을까. 결국은, 내가 했던 살인이 돌아오는 건 아닐까. 어떻게든 죗값을 치르게 되는 거 아닐까.'

끔찍한 상상은 집착이 되었고, 내 모든 불안을 지배하는 암덩어리가 되었다.

집엔 어떻게 도착했는지도 모르겠다. 신발장 앞에 쓰러져, 그냥 내내 울기만 했다.

그렇게 해가 지고, 집 안에 어둠이 가득해져도, 승언은 일어날 줄을 몰랐다.

서둘러 집으로 돌아온 구원이 소나를 안고 집에 들어서려는데, 쓰러져 있던 승언이 그의 발에 걸렸다.

지금껏 불도 켜지 못하고 울고 있던 승언이 벌떡 일어나, 소나를 껴안았다.

"어디 갔었어, 소나야. 흑흑⋯."

그러고는 다시 엉엉 울기 시작한다. 세상 다시 못 볼 자식을 다시 만난 것처럼. 죽었다 살아 돌아온 자식을 만난 것처럼.

"왜 별것도 아닌 거 갖고 흥분하고 그래."

구원은 타이르는 조로 말했지만, 돌아오는 승언의 답은 날카로웠다.

"왜, 왜 이렇게 사람을 미치게 만들어?"

"누가 미치게 했다고 그래? 내가 오늘 잘못한 게 뭐야?"

"당신은 괜찮을 것 같아? 우리 소나 잃으면?!"

"안 잃어버렸잖아! 진짜 왜 그래, 홍승언!"

구원이 처음으로 그녀에게 버럭 소리를 높였다.

"무슨 일이 있었음 있었다고 말을 해. 다짜고짜 이렇게 흥분하지 말고. 애한테 큰소리 들리지 않게 하기로 했잖아. 왜 사람이 점점 변해 가?"

승언은 이에 지지 않고 표독스럽게 외쳤다.

"당신도 날 떠날 거지?"

그 말에 구원은 할 말을 잃고 굳어 버리고 말았다.

"⋯뭐?"

"우리 소나랑 제언이 포기하고 떠날 거지?"

"그런 말도 안 되는 소리가 어딨어!"

"당신도 그럴 거잖아! 나도 결국 엄마랑 똑같이 살겠지. 혼자 남겨져서… 다 산산이 조각나서."

"당신이 장모님이랑 왜 똑같이 살아? 내가 그렇게 개차반 남편이야? 내가 김용순처럼 보여, 이제?"

뭐? 누구? 승언은 진저리를 치며, 발악하듯 소리쳤다.

"어떻게 그 얘길 다시 꺼내?!!"

"제발, 그만하자. 응?"

그러나 승언은 계속해서 발작적으로 중얼거렸다.

"내가 죽었어야 하는데. 아니, 그냥 그 집에 가지 말았어야 했는데. 임신하지 말걸, 혹, 왜 이 사달을 내서…. 아무것도 갖지 말걸. 가져 봤자, 이렇게 불안한데…."

뭐? 구원은 기가 차다는 듯 내뱉었다.

"남편도, 아이도 없었음 좋겠어? 그게 애 엄마가 할 소리야?"

"삶이 너무 비극적이다."

"넌 네 곁에 있는 것들은 안 보이고, 비극만 보여?"

참다 못한 그는 결국 못 견디겠다는 듯 밖으로 나가 버렸다.

입에 담지 못할 독한 말로 그를 내쫓고 나서도, 승언은 한참 동안 진정하지 못했다.

우는 아이와 함께, 엉엉엉- 그저 함께 울다가, 우는 것마저 지친 아이가 울음을 그치고 잠들자 그제야 그녀는 자리에서 일어났다.

그러고는 홀린 듯, 화장실 거울 앞으로 다가갔다.

어디서 그런 힘이 나왔는지는 모르겠지만, 문득 매서운 아귀 힘으로 화장실에 붙어 있던 박스테이프를 뜯기 시작했다.

거기에, 또 다른 세상이 보인다. 저기에 엄마 집이 보인다. 화장실 거울은 엄마 집의 거울장 세상과 연결되어 있는 듯했다.

거기엔, 지금과는 너무나 다른 모습으로 살아가는 내가 있다. 남편도, 아이도 없이, 그냥 세 가족이 알콩달콩 살고 있다. 엄마랑, 나랑, 제언이, 셋이서 주말 드라마를 보며, 찧고 까불면서.

"요새 이 드라마가 인기 젤 많지?"

"응, 애들도 다 이거 보더라."

"엄마, 나 담 학기에 복학할까?"

건너편의 내가, 놀랍게도 그렇게 말하고 있었다.

다시 공부할 의지를 다지고 있는 내 모습이 유리 너머로 보이고, 그 얇은 유리 위엔 눈물마저 마른 채 버석한 행주처럼 서 있는 내 모습이 연하게 겹쳐진다.

"다시 학교 다니기 좀 그렇대매."

"그럴 것 같았는데, 지금은 다닐 수 있을 것 같아. 다시 공부도 하고 싶고. 학교 졸업은 해야지."

"어이구, 홍제언도 아니고, 홍승언이 공부를 다 하겠댄다. 세상 오래 살고 볼 일이다."

엄마의 그 말에 세 가족 모두가 꺄르르 웃음이 터졌다.

다시, 내 얼굴이 일그러진다.

거기서의 나에겐 행복의 여지가 있는 것 같았다. 지금과는 다른 새로운 삶을 시작할 수 있을 거만 같은 기대감이 있다.

그러나 지금의 나는 그 장면에 퉤, 침을 뱉어 버린다. 거울 위에 거품 섞인 침이 진득하게 흘러내렸다.

'좋아할 거 없어. 어차피 넌 다시 불행해지거든. 무죄 판결? 곧 고모란 여자가 나타나서 유리 조각 들고 설칠 거야. 너 다시 집어넣겠다고. 학교 가면, 그 모진 시선 견디고 다시 공부할 수 있을 거 같아? 네 수법 내가 모를 것 같아? 내가 다시 넘어갈 것 같아?'

거울 너머의 세 가족은 다시 주말 드라마에 집중하며 어머어 머, 연신 이런저런 감탄사를 뱉어 냈다. 그 모든 게 너무나도 리얼해, 또다시 욕이 나온다.

'진짜, 저기 가면 행복할 것 같잖아. 이보다 나을 것 같잖아…….'

발끈해 손에 잡히는 모든 걸 거울로 던졌지만, 깨지는 건 아무것도 없었다. 그녀는 거울을 향해 이를 앙다물고 외쳤다.

거울 살인

"나 여기 있는 것들, 아무것도 안 놓칠 거야! 제언이 항소해서 빼낼 거고! 우리 소나 잘 키워서 잘 살 거야!"

저런 세상 따위, 필요 없다. 우리 소나가 얼마나 소중한데, 우리 소나가 없는 세상이 저렇게 행복한 척, 즐거운 척, 가증을 떨어도, 나는 우리 소나 절대 포기 못 해. 그러니까, 다 꺼지라고!

어둑하던 거리를 걷던 구원이 새하얀 형광등 불빛이 쏟아지는 곳으로 들어섰다. 약국이었다.

"애기가 오늘 예방 접종 맞았는데, 열이 좀 있는 것 같아서요. 어린이용 해열제 하나만 주세요."

그가 조용히 주머니를 뒤져, 카드를 찾다가 한마디 더한다.

"성인 여자 것도 하나 주세요."

거리엔 술주정하는 사람들의 목소리가 넘실넘실했다.

홧김에 집을 나오긴 했지만, 이럴 때 어딜 가야 하는지, 어디에 있어야 하는지는 한 번도 생각해 본 적이 없었다.

약봉지를 바삭하게 구겨 든 그의 헛헛한 걸음이, 다시 신혼집 쪽으로 향한다.

거울을 보고 나서도 아주 아주 한참 뒤에야, 그녀는 정신을 차렸다.

소나가 잠든 집, 구원이 없는 집, 그 기이한 고요 속에서 아주 아주 천천히 이성이 돌아왔다. 그제야 승언은 구원이 지금쯤 어디에 있을까, 걱정이 되었었다.

오늘 내가 그를 얼마나 할퀴어 댔던 걸까. 그냥, 애기 예방 접종 다녀온 사람을.

깊은 밤.

구원이 다시 집으로 돌아왔을 때, 승언은 거실 소파에 기대어 있었다.

그는 조용히 들어와, 그녀의 곁에 약봉지를 툭 던졌다. 그 안의 해열제를 보고 나서야 승언은 제 이마가 뜨겁다는 걸 느꼈다. 그녀는 말없이 부엌으로 가 물을 따르고, 타원형의 하얀 알약을 꿀꺽 삼켰다.

그러고는 그에게 사과했다.

"미안해."

"…."

구원은 승언을 잠시 복잡하게 보았다.

"잘못했어."

"…알아."

"많이 뜨겁네."

구원은 말없이 다가와 승언의 이마에 손을 짚었다.

웨하스를 한가득 씹어 먹은 것처럼 입안이 텁텁해져, 그저 목

안이 꽉 막혀, 뭐가 미안한지, 내가 뭘 잘못했는지, 더는 말이 나오질 않는다.

그러나 구원은 아무 일 없었던 것처럼 그녀의 이마와 제 이마의 온도를 비교하고서는 소나에게 다가가 아이를 챙긴다.

바스락-

연필깎이에 연필이 깎이듯, 나무로 된 심장이 바스락바스락하며 깎여 나가는 소리가 들린다.

말도 안 되는 걸로 이렇게 물고 뜯고 싸워도, 결국은 이렇게 제자리로 돌아오는 게 신혼이었다.

12

"아니, 메이크업하는 데 왜 거울을 안 보신대? 얼마나 이쁘
신대."

웨딩 스튜디오에서, 그녀가 등장했다. 이모님이 잡아 주는 커
다란 웨딩드레스를 끌고서, 어여쁜 신부 화장을 받고서.

"…!"

구원은 드레스를 입고 나오는 승언을 보며, 잠시 눈도 잘 마
주치지 못하며 어색해했다.

승언은 그런 그에게 다가가 그의 동공을 가만히 바라보았다.
유리알 같은 투명한 각막에, 웨딩드레스 입은 내 모습이 비추어
보였다.

"좀 이상하다."

평소와 다른 모습, 새롭게 창조된 얼굴. 낯설면서도, 곱디고
운 내 모습.

"뭐가."

"제대로 된 인생도 아닌데, 남들 하려는 대로 다 따라 하는 것 같아서."

"스읏."

구원이 딱밤이라도 날릴 듯 그녀의 이마에 손가락을 튕기려 하자, 그제야 승언이 피식 웃었다.

"이런 거 바란 거 아니었어? 반지 받고 웨딩 사진 찍고 식 올리고?"

염치없지만, 그게 사실이었다.

"맞아."

속도 없이, 남들 다 하는 것처럼 이렇게 드레스를 입고 사진을 찍고 싶었나 보다.

"당신도 멋있어."

묘하게도, 이렇게 드레스와 턱시도를 입고 서 있으니 이 세상의 시선이 달라지는 것 같은 느낌이 든다.

지금껏 무허가 건축물에 사는 사회 취약계층 같았다면, 지금은 '허가증'이라고 적힌 문서 한 장을 받은 것 같다.

그 알량한 문서 한 장에, 이 세상의 인정이라도 받은 느낌. 이젠 어디서도 좀 당당할 수 있을 것 같은 느낌. 고작, 드레스와 턱시도를 입고 선 것뿐인데.

사진작가님은 마치 슈렉의 동키만큼이나 쉬지 않고 말을 쏟아 내는 분이었다.

"신랑, 신부님. 완전 선남선녀시다. 다시 한 번 서로 그윽하게 보면서. 좋다, 느끼하고. 결혼사진 원래 느끼해야 돼. 여기서 신랑님 볼 뽀뽀. 아니, 입 뽀뽀 말고 신랑님. 오바하지 말고."

결국 사진작가님의 끊임없는 너스레에 웃음이 터지지 않을 수 없는 두 사람이었다.

서로 바라보았다가, 어깨에 손댔다가, 입술을 댈 듯 말 듯 했다가, 허리를 잡았다가. 세트별로 포즈는 참으로 많고도 다양했고, 둘은 마치 로봇처럼 작가님이 원하는 포즈를 척척척 해내야 했다.

"어때요, 사진 잘 나왔죠?"

작가님이 조그만 DSLR 액정을 보여 줄 때야, 승언은 제 모습을 제대로 볼 수 있었다.

그제야 승언은 왜 자기가 웨딩드레스를 입고 나왔을 때, 그렇게 구원이 쭈뼛쭈뼛했는지 알 것 같았다. 나 아직 젊구나. 이십 대였지. 내가 봐도 내가 낯설도록 예쁜데, 남편은 어땠을까.

'나 애 엄마 같지 않고 아가씨 같다. 아직 예쁜 것 같아, 나. 속눈썹 붙인 게 좀 따갑긴 해도, 사람을 이렇게나 다른 사람으로 만들어 주는구나. 이렇게 뻔한 구도, 뻔한 세트 속에 들어가니까 나도 정말 신부인 거 같아. 상처 하나 없이 곱게 자라, 아빠 손잡고 예식장 들어가 남편 손에 넘겨지는, 그런 신부 같아.'

우습게도 휴지 조각처럼 뒹굴던 자존감이 조금씩 뻣뻣하게 고개를 드는 것 같다.

카메라 속, 우리 두 사람의 아기자기한 포즈를 보면서 행복이라고 해야 할 만한 감정이 가슴에 조금씩 밀려들어 왔다.

왠지 그러면 안 될 것 같아, 그녀는 부러 입을 삐죽댔다.

"이렇게 행복하면 누가 이거 뺏어 갈 것 같다."

"스읏- 스스로 엄청난 안티팬인 거 알고 있어?"

이 자그마한 행복감에 파묻혀, 평소엔 예민하게 잘도 움직이던 예감의 바늘이 둔해졌다.

"웃으세요, 웃으세요. 신부님, 왜 이렇게 안 웃어질까. 우르르 까꿍, 까꿍, 신부님!"

우당탕탕-

동키 작가님의 너스레에 같은 시각 벌어지고 있는 일에 대한 그 어떤 낌새도 눈치채지 못했다. 정신없이 팡팡팡 터지는 플래시 세례 아래서 빵끗빵끗 최대한 행복한 척을 하느라 바빴기에.

"신부님, 오늘 안 웃으면 촬영 안 끝나요. 그렇게 웃어선 어림도 없어요. 꺄르르, 행복하게. 신랑님, 겨드랑이라도 간질여!"

작가님은 필사적이었고, 결국은 세상 누구보다도 사랑스럽게 웃고 있는 두 사람의 얼굴이 카메라에 담겼다.

"어후, 이런 신부 처음이야. 웃어도 웃는 것 같지가 않아. 더 웃어야 돼, 신부님은!"

작가님이 허를 내두르고 있던 그 시각.

"아, 첨 뵙는 얼굴인데."

어린이집 보육교사가 낯선 얼굴에 경계를 세우고 있었다.

"안녕하세요. 소나 이모할머니예요."

용임이 어린이집에 나타났다.

어김없이 축축- 늘어지는 검은 롱 카디건을 끌고서.

"아, 네 무슨 일로?"

그녀는 장난감을 흔들어 대는 어린아이들의 얼굴을 하나하나 살피다가, 원하는 아이를 찾았는지 싸하게 웃었다.

보는 사람도 소름 끼치게 하는 사악하고 섬뜩한 미소였다.

차에 타고 빌라 단지로 들어가면서도, 승언은 그 무엇도 눈치채지 못했다.

"그러게, 나 왜 웃는 게 별로 안 이쁘지?"

그저 도우미 이모님이 휴대폰으로 찍어 준 사진들을 하나하나 다시 보며, 고개를 갸웃하고 있었다.

"너 되게 잘 웃었는데, 나 군대 가기 전엔."

"연애할 때? 그땐 어렸잖아."

"지금도 어리시거든요. 애 엄마가 이렇게 이쁠 필요는 없지 않나."

"동키 작가님, 좀 피곤한 스타일이시긴 해도 사진 잘 찍으시네. 나중엔 우리 소나랑 같이 셋이서 가족사진 찍었으면 좋겠다."

하는데, 그제야 불길한 소리가 저편에서 들려온다.

저기서 빼액빼액 울어 대는 건, 다름 아닌 사이렌 소리였다. 남의 집 불났나 보지, 그렇게 넘기려 하면서도 철렁 심장이 발치까지 내려앉았다.

세상 모든 불행이 나를 빗겨난 적이 없기에, 저 사이렌도 나 들으라고 저렇게 앵앵 울어 대고 있는 것 같았기에, 평소보다 두꺼워진 속눈썹이 갑자기 무겁게 느껴졌다. 스프레이를 뿌려 고정해 아직까지도 딱딱한 웨딩헤어가, 줄어드는 헬멧처럼 내 머리통을 조이는 것 같다.

우리 집 앞으로 갈수록, 사이렌 소리가 점점 강렬하게 고막을 울린다. 알 수 없는 찌릿한 예감에 등골이 서늘해지고 몸서리가 쳐진다.

항상 승언이 쓸데없이 불안해한다던 구원도 오늘은 달랐다. 운전대를 잡은 손에 바짝 힘이 들어가, 조심스럽게 엑셀을 밟으며 앞으로 전진하고 있다.

구원이 근처에 대충 차를 세우자, 승언이 차에서 먼저 내려 비척비척- 사이렌의 진원지 쪽으로 다가갔다.

주차를 하고 따라가려고 하는데, 웬일인지 손이 움직여지지 않는다. 그저 온몸의 솜털이 바짝 선 채, 팔다리가 뻣뻣해지고 말았다.

곧 저편에서, 괴수가 내지르는 듯한 승언의 오열이 들어온다. 승언이 우는 건 많이 보았지만, 이런 목소리는 처음이었다. 구원은 제대로 주차해야 한다는 생각도 못하고서, 홀린 듯이 차에서 내렸다.

그녀다. 네모난 인터폰에서만 봤던 그 얼굴, 용임이 경찰차에 타고 있었다.

그녀의 열 손가락에 잔뜩 힘이 들어가 있다. 파리한 그녀의 손등에 핏줄 힘줄이 빠딱 서 있다. 무언가를 죽어라 눌렀을 것 같은 손이다. 왠지 그게 베개나 쿠션은 아닐 것 같다.

이제 막 폴리스 라인이 쳐지기 시작하며 골목 사람들이 쏟아져 나와 무슨 일인지 구경하고 있다. 빌라 앞 동 사람들도 러닝 셔츠를 입은 채로 모두가 창가를 보고 있다.

승언은 놀이방 바닥에 완전히 허물어져, 소리 없는 비명을 지르고 있었다. 곱게 했던 웨딩 화장이 거뭇하게 번졌다.

"아이 아빠 되십니까?"

경찰의 사무적인 물음에도, 네, 아니요, 말을 못 하겠다. 누구의 아빠를 말하는 건지, 여기서 무슨 일이 벌어진 건지, 그게 혹시 내가 예상했던 일인지, 도저히 실감이 나지 않아서, 구원은 이 바보같이 쉬운 물음에도 대답하질 못하고 어버버 대고 있다.

승언은 완전히 무너진 채, 온몸을 동그랗게 안으로 굽혀, 참을 수 없는 통증에 짓이겨지고 있었다. 누가 보면, 교통사고로 배 속의 장기가 다 터진 고통을 견디고 있는 듯 보였다.

거울 살인

"으흐윽, 으흐흐윽-!"

생전 들은 적 없는 괴이한 소리로, 손에 닿는 모든 것을 움켜쥐어 뜯고 있다.

문득, 언젠가 승언이 악다구니 쓰듯 했던 그 말이 귓가에 멍멍하게 들려왔다.

'당신도 날 떠날 거잖아.'

평소라면, 그녀에게 달려가 어깨를 감쌌을 구원이지만 지금은 그저 힘겹게 고개를 떨구고 만다. 마치 그 말에 수긍을 하듯이.

나중에야 들었다.

용임이 왜 소나를 죽였는지.

죽지 않고 살려고 그랬단다. 철창 안이 오히려 안전할 것 같아서. 날도 추워지는데 따뜻한 데 가 있으려고. 이왕이면 오래오래 좀 있으려고, 내 손으로 확실히 목숨 줄을 끊을 수 있는 갓난아이를 선택했다고 한다.

우습게도 죽은 동생 용순에 대한 복수심은 살해 동기에 없었다.

찾아오는 사람이라곤 없는 썰렁한 장례식장이다.

저편에선 승언만큼이나 쉬지 않고 오열하는 종선의 목소리가 들렸다.

내가 왜 검은 옷을 입고 있는 건지, 우리의 귀여운 볼통통이 사진이 왜 하필 저기 걸려 있는 건지, 도저히 현실감이 없다.

소식을 듣고 달려온 직장 사람들이 뭐라 뭐라 위로를 하지만, 내가 왜 그런 소리를 듣고 있어야 하는지, 왜 그들이 내 어깨를 두드리고 있는지조차 승언은 알 수가 없다.

장례식장에 딸린 작은 방에 들어가자, 그 안에 승언이 있었다. 마치 아무 일도 없었다는 듯, 아직도 그냥 평상복을 입고서 구원을 돌아보며 툭 던지듯 묻는다.

"우리 식장 취소했어?"

마치, 주차 잘 했냐고 물어보듯이.

밥 먹고 소화 잘되냐고 물어보듯이.

"아니, 아직."

훨씬 작은 일에도 온몸을 바들바들 떨며 불안해하던 승언이었기에, 지금 이 순간, 기괴할 정도로 평정을 찾고 있는 이 모습이 너무 낯설었다.

"집안에 장례식 있으면 식 올리는 거 아니라잖아."

승언은 살짝 웃음까지 섞어 가며 너무나 아무렇지 않게 말했다.

일그러지려는 구원의 눈썹이 기괴한 춤을 추었다.

"삼일장 끝나면 취소하러 가자. 집은 어떡하지."

갑자기 집은 왜?

"어떡하긴 뭘 어떻게 해?"

"오빠, 나 그 집에서 못 살아."

너무나 당연하다는 듯이 뱉은 그 말에, 구원은 버석버석 고개를 끄덕거렸다.

"그래, 딴 데 이사 가자."

"나 당신이랑 못 산단 얘기야."

순간, 구원은 두 눈의 검은 동공에 뽀얗게 색이 빠지듯, 눈앞이 하얘지는 걸 느꼈다.

"처, 처제 나올 때까진, 같이 재판장 들어가는 게 나을 거야."

제가 들어도 궁색한 말이었다. 나랑 못 산다는 와이프에게 기껏 들먹이는 게 제언이라니.

"나, 이제 당신 못 봐."

"뭐?"

"우리 이제 못 본다고."

"…!"

그 말은… 헤어지자는 거야? 지금, 우리가?

구원은 말문이 턱 막혔다. 울컥해 뭔가 반박을 하려 해도, 입술이 움직여지질 않는다. 꽉 막힌 목구멍에서 쥐어짜듯 겨우겨우 뱉은 말은 이것이었다.

"이대로 헤어짐, 너 후회 안 할 자신 있니?"

"하겠지, 후회, 평생토록."

"그럼, 우리 헤어지지 말자."

구원의 그 말에, 승언이 작은 방의 문을 번쩍 열어 떡하니 걸려 있는 소나의 휜둥휜둥한 얼굴을 가리킨다.

"안 그럼, 저 얼굴을 어떻게 잊어?"

눌러 왔던 게 광하고 폭발하는 것처럼, 그녀의 얼굴이 순식간에 시뻘게졌다.

"안 그럼, 저 얼굴을 어떻게 잊냐고!"

이 세상 제대로 살아 본 적도 없는 사진 속 볼통통이가 그저 맑게 웃는다. 우리 오통통이가, 우리 이쁜이가, 저기서 저렇게 하얗게 웃고 있다.

도리깨로 온몸을 후드려 맞은 듯한 통증이 손끝 발끝까지 구석구석 번지고 있었다.

"차라리 몰랐을 때가 나아? 저 얼굴을?"

구원의 물음에, 승언은 오답을 말했다.

"응."

깡깡깡- 정수리에 뾰족한 정을 맞는 것 같은 소리였다. 대장장이의 매몰찬 쇠질이 머리통에 가해지는 것 같다. 구원은 순간 아무 말도 하지 못했다.

울음기를 눌러 담고 눈물을 참아 낸 승언이 슥슥 소매로 얼굴을 닦고서 어디론가 갈 채비를 한다.

"나, 거울 좀 보고 올게."

거울? 네가, 거울을? 구원은 도망치듯 내달리는 그녀를 따라 복도까지 쫓아갔다.

시끌벅적, 조문객 북적이는 로비의 한가운데를 지나며, 그녀의 옷자락이 사람들 사이에 묻혀 버린다.

이미 사라져 버린 그 자리를, 그는 가만히 바라보고 있었다. 낚싯줄처럼 투명하게 이어졌던 그녀와 나의 가느다란 선이 팅, 하고 기타 소리를 내며 끊기는 기분이다.

그녀와의 끈을 따라갈 수 없도록, 눈앞에 사람들이 오가고 또 오간다. 사라진 흔적마저 찾을 수 없도록.

그녀의 말대로 되고 말았다. 우리는 헤어지고 말았다. 이렇게….

장례식장 장애인 화장실.

승언은 고개를 푹 숙인 채 문을 닫았다가, 뒤를 홱 돌아보며 벽에 달린 거울 쪽을 응시했다.

그녀에겐 지금 저 거울 너머로 뭐가 보이는 걸까. 또 어떤 화면이 그녀에게 장난을 치고 있는 걸까.

울음인 줄 알았지만, 웃음이 터져 나왔다.

"아, 진짜, 솔직히 말해 봐. 이거 꿈이지?"

마치 실성이라도 한 듯한 눈빛과 행동이었다.

"사람 인생 갖고 노니까, 재밌어?"

터졌던 웃음이 기괴한 울음으로 뒤바뀌기 시작한다.

"어떻게 이럴 수가 있어? 애한테 무슨 죄가 있다고?! 무슨 죄가 있냐고오…!"

그녀는 거울 옆의 타일 벽을 애타게 손으로 꽝꽝 치면서 말했다.

"나, 안 넘어가! 안 넘어간다고!!"

남들은 알 수가 없다.

그 거울 너머에 그녀가 어떤 모습으로 서 있는지. 또 어떤 모습으로, 지금 이 세상의 그녀를 유혹하고 있는지.

13

참으로 왁살스러운 초겨울이었다. 사람 하나를 충분히 죽여 버릴 수 있을 정도로.

걸친 옷은 얇았고, 초겨울의 급작스러운 한기가 살을 저미며 내 듯 따갑게 파고들었다. 그러나 이 몸의 어린 온기를 감춰 보겠다고 몸을 움츠리고 싶지 않았다.

'가져갈 테면 다 가져 보라지. 얇은 옷깃 새에 머무른 체온이든, 거추장스럽기만 한 내 영혼이든.'

거친 바람에 깃발이 바람에 나부끼듯, 그녀가 중심 없이 걸음을 옮겨 나간다.

이곳은 오래전에 떠났던 그곳, 주공 아파트. 여기에 그녀가 다시 왔다. 그 무엇도 용서치 않으리라는 굳은 얼굴로.

초겨울 송곳 같은 바람이 제멋대로 횡행하는 일 층을 지나 낡은 등뼈 같은 계단을 오르면, 사람 살았을 땐 굳게 닫혀 있었을 현관문들이 맥없이 바람에 파닥댔다.

구백삼 호.

그녀는 현관문을 열었다. 내 모든 선택의 기회를 없애 버리기 위해, 이곳에 왔다. 내게 희망, 그 비스무리한 것도 허락지 않기 위해.

그녀는 거울을 보며 있는 힘껏 얼굴을 일그러뜨렸다가 다시 괴기스럽게 웃었다. 유리 위에 그려진 자화상은 그 표정을 곧잘 따라 했다.

돌연 그녀는 정신 분열증에라도 걸린 것처럼 비명을 지르며 포효했다. 자신의 얼굴에 엉겨 붙은 저승사자를 어떻게든 떼어 내려 한 것이다.

허나 거울의 상(想)은 얄밉게 그 몸부림마저 따라 하며 그녀를 조롱했다.

네가 아무리 몸부림쳐 봐라. 희망이 없는데 어찌 살겠니? 살 이유가 없는데, 왜 살아? 너 같은 게, 대체 왜 살아야 하는데?

"왜, 모든 것은 정해져 있잖아."

거울에 비친 제 상에 대고, 승언이 애끓는 소리로 외쳤다.

"처음부터 말을 하지 그랬어. 너 같은 여자, 살 필요 없으니까 죽어 버리라고. 어떻게 살아도 조진 인생, 여기서 끊어 버리라고, 말을 하지 그랬어?"

그게 차라리 나에게 관대한 일이었을 것이다.

"더 악다구니 쓰며 발버둥 쳐 봐야 답은 정해져 있으니, 너는 지금 죽어 버리라고. 왜 포기하지 못하게 했는데. 왜 끝끝내 삶에 애착을 갖게 만들었는데. 왜 내가 가진 모든 걸 후회하게 만들었는데!"

승언은 신발 끈을 하나하나 풀어 올가미와 같은 매듭을 만들었다. 차로 당겨도 풀리지 않을 옹골찬 매듭을. 이제 이 질긴 신발 끈이 나의 목에 실톱처럼 붉은 금을 낼 것이다.

그녀는 현관문에 기역자로 달린 꺾쇠에 그 신발 끈을 걸었다. 이제는 내 목을 매달 차례였다.

그녀는 드디어 목을 걸었다. 한사코 땅에 붙어살던 두 발이 허공에 붕 떠올랐다.

목을 거는 순간, 살고 싶어지기도 했다. 그러나 이 허공에서 내려올 용기는 없었다. 그것은 곧 남은 삶을 살아 낼 의지였으니까.

승언이 떠나 버린 장례식장의 거울.

그녀가 끝끝내 보지 못하고 떠난 세상엔 뜻밖의 장면이 펼쳐져 있었다.

토실토실 볼통통이 소나의 영정사진이 걸린 곳에, 소나가 아닌 용임의 얼굴이 들어가 있었다.

그 영정사진을 멀리서 보며, 제언은 차마 안으로 들어가지 못하고 쭈뼛대고 있었다. 오긴 왔지만, 어디까지 예를 갖춰야 할지 혼란스러워하는 얼굴이었다.

"엄마, 절할 거야?"

헛헛하게 그 사진을 보고 있던 종선도 마찬가지였다.

"에휴, 그래도 한때 느이 고모였는데."

말 사이에도 괜한 한숨이 픽픽 터져 나온다.

"에휴, 부조금만 주고 가자."

"어쩌다 갑자기 교통사골 당했대?"

"교통사곤지 아닌지 어찌 알아. 열어 보면 오장육부 장기나 다 붙어 있을지 모르겠다."

"뭐어어?"

"사채업자가 돈 대신 뜯어 갔을지 알아?"

"어우, 끔찍해."

"근데, 느이 언니 어딨니?"

"어? 아까 갑자기 나가던데."

문득, 종선의 눈빛이 불안하게 일렁거렸다.

"괜히 왔나, 보고 놀란 거 아니야?"

"아냐, 고모 얼굴 한번 보고 싶다 그랬어. 언니가 오자 그랬잖아."

"으이그, 괜히 맘만 더 뒤숭숭해지게, 뭣 하러 얼굴을 봐? 언니 요새도 밤에 잘 때 많이 힘들어하디?"

이곳은 거울 우편의 세상, 좌편의 세상에서 살던 승언이 그토록 침을 뱉던 그곳이다.

여기 어디 있겠지 했던 승언은 전화를 받지 않았다. 장례식장 곳곳을 둘러봐도 그녀의 모습이 보이지 않자, 엄마와 제언의 걸음이 불안하게 바빠졌다.

발등에 매달려 이리저리 휘둘리며 살던 신발 끈은 이제 그녀의 목살을 얇게 저미면서 생과 사를 가르는 사시미가 되었다.

입새에서는 빠글빠글한 거품이 흘러나왔다. 오장육부가 뒤집어져 꾸륵꾸륵 소리를 냈다. 스스로 다짐했던 것처럼 거울 속 나 자신을 끝까지 노려보려 했지만, 뜻대로 되지 않았다. 독오른 개구리처럼, 눈알마저 부풀어 오르는 것 같다.

사점이라 예상했던 순간이 다가왔다. 나도 모르게 발버둥을 치고 있을 거라고는 예상했다. 살아 있는 걸 죽이려 하니, 마지막 본능이 온몸을 비틀며 튀어나온 것이다.

생각보다 몸부림은 격렬했다. 허공에서 꿈틀거리는 그녀의 몸은 시계추처럼 두둥실 좌우로 움직였다.

"얘 진짜 어디 갔대?"

근처 거리를 다 뒤져도, 요 앞까지 같이 왔던 승언이 보이지가 않는다.

'고모까지 죽었다고, 괜한 죄책감에 시달리는 거 아니야?'

초조하게 서성이던 종선은 도저히 답이 없다는 듯 어디론가로 전화를 걸었다.

"구원아, 미안한데."

엄마아! 제언이 옆에서 타박하듯 그녀의 옷깃을 흔들었지만 종선은 가만히 좀 있어 봐, 손짓을 하고는 마저 구원과 통화했다.

"승언이 어딨는 줄 아니?"

"네?"

"아니, 둘이 헤어진 게 옛날 옛적인 건 아는데, 그래도 혹시나 해서."

바둥거리던 그녀의 다리가 현관 거울에 닿았다.

거울은 딱딱하지 않았다. 거울은 물컹하게 그녀의 다리를 먹었다. 마치 다른 차원으로 데려가려는 듯했다.

그녀는 낚싯바늘에 걸린 생선처럼 파닥이며 거울에 빨려 들어가지 않기 위해 노력했다. 허나, 댕강댕강 흔들리던 몸은 현관에 쿵 부딪히며 반동을 탔다.

그리고 마치 상어의 벌린 입에 멸치가 빨려 들어가듯, 그녀의 온몸이 거울에 쑥 빨려 들어가 버렸다.

순식간에 그녀는 거울 반대편 세상으로 넘어와 목이 걸려 있었다.

순식간에 모든 것의 좌우가 뒤바뀌었다.

왼손 약지에 끼워져 있던 그녀의 반지는 오른 손가락으로, 왼쪽으로 타던 가르마도, 왼손의 손목 흉터도 오른쪽으로 넘어가 있었다.

그토록 증오하던 세상에 와 버린 것이었다. 거울 우편의 세상. 다시는 오지 않으려고 했던, 그 세상.

증오보다는 본능이 힘이 셌다. 왼손보다는 오른손이 힘이 셌다.

버둥거리던 그녀의 오른손이 목을 매단 신발 끈을 잡아챘고, 그 악력까지 버틸 수 없던 신발 끈은 제 수명을 다했다는 듯 툭 끊어져 버리고 말았다. 마치 지옥의 소리를 연주하던 가야금의 현이 퉁 끊긴 듯했다.

갑작스레 그녀의 몸이 딱딱한 바닥으로 내던져졌다. 왈칵왈칵 전신을 뒤흔드는 기침과 폐를 짜내는 듯한 거친 숨이 그래도 이 목 안을 통과하는 걸 보니, 숨이 붙은 게다. 살아나 버린 것이다. 나는 아직 살아 있는 것이다.

그러나 거울에 비친 모습은 이와 달랐다.

거기에선 왼손으로 신발 끈을 끊어 내진 못한 그녀가 꼴딱꼴딱 사점을 넘기고 있었다. 파르라니 부풀어 오른 얼굴에 마지막 생기가 가셨다. 미친 듯이 버둥거리던 손과 발에 힘이 쭉 빠졌다.

얇은 나무토막을 매단 듯했던 신발 끈 추가 커다란 동그라미를 그리며 흔들리다가 곧 작은 점을 찍었다. 미동마저 사라진 자신의 모습을 보는 건 볼수록 괴이했다.

저편에서 나는 시신(屍身)이 된 것이다.

"…이게 뭐야?"

거울은 죽음을 중계하는 거대한 CCTV 화면이자, 나의 교살자였다.

저편에서의 내가 죽어 있다. 스스로 목숨을 끊는 데 성공해, 저렇게 미동 없이 매달려 있다.

죽은 내 몸을 볼 수 있는 시간은 길지 않았다. 마치 연극 무대가 끝난 듯, 거울 저편을 비추고 있던 조명이 툭 꺼졌다. 저쪽에서의 삶이 완전히 끝나 버렸다는 걸 보여 주는 듯했다.

이제 거울은 어둠을 비춰 내는 검은 유리에 불과했다.

한참을 목을 잡고 켁켁거리면서도 무심결에 거울을 잡았는데,

"어?"

거울이 딱딱했다.

"…!!!"

손끝에 닿은 감촉이 무얼 의미하는지 해석되기까지는 조금 시간이 걸렸다.

'거울이 딱딱해?'

괜히 거울 표면을 매만지다가 또 빨려 들어갈까 싶어 조심스

럽게, 이곳저곳을 천천히 두드려 본다. 거울이 딱딱하다. 정말 유리처럼, 딱딱하다. 두드리는 그녀의 손힘이 거세어진다.

'정말, 딱딱해. 말캉하지가 않고 딱딱해.'

거짓말처럼 눈에서 두 줄기의 눈물이 흘렀다.

검은 유리의 시간마저 끝난 듯, 거울은 페이드인 되듯 서서히 내 모습을 그대로 비추기 시작한다.

거울 저편의 내가 지금의 내 모습을 그대로 비추고 있다. 더 이상 곡해하지도 않고, 엉뚱한 화면을 비추어 내지도 않고, 그 냥 지금 이 내 모습을 그대로.

끔찍하도록 초라한 몰골의 여자가 실성한 듯 거울을 두드리 고 있는 게 여실히 비추어졌지만, 그 모습에도 승언은 안도감을 느꼈다.

이게, 내 모습이다. 내가 원래의 세상으로 돌아왔다.

드디어, 그 끔찍한 시간이 끝난 것이다.

그 순간,

"승언아!"

문이 확 열리면서, 한 남자가 나타났다. 구원이었다.

방금 전, 장례식장에서 만났던 초췌하던 모습은 없었다. 이제 갓 제대해 아직도 몸에 군인의 각이 잡혀 있는, 청년 같은 모습 의 남자가 앞에 서 있다.

"오빠…."

아직도 그녀의 목에 감겨 있던 신발 끈을 보며, 그는 기함했다.

"뭐하는 거야, 이게?"

"거울이 딱딱해, 거울이."

"뭐?"

이 세상에서 둘은 부부가 아니었다. 구원에겐 오래전에 헤어진 연인이었지만, 승언에겐 그렇지 않았다.

복도에서의 발소리를 들은 그는 승언의 목에 감겨 있던 신발 끈을 바삐 풀어 거울장 틈으로 감추었다. 예전에 김용순을 죽였던 유리 조각이 은신했던, 바로 그곳이었다.

그러고는 제 목에 둘러 있던 목도리를 풀어, 그녀 목에 감겨 있는 붉은 상처를 바삐 감추었다.

그러자마자,

"언니, 여기서 뭐 해?"

화악- 문이 열리면서 제언이 나타났다.

"엄청 찾았잖아."

그녀다. 교복 입은 제언이, 얼굴에 생기가 가득한 제언이, 새초롬하게 오렌지빛 틴트를 바른 제언이.

"제언아, 제언아."

마치, 오랜 여행을 마치고 간만에 제언을 보는 것처럼, 현관 바닥에 주저앉아 있던 승언이 나무토막처럼 일어나 그녀를 부둥켜안았다.

"내가 너 교복 입은 거 얼마나 보고 싶었는지 알아?"

"언젠 학교에 딴 거 입고 다녔어?"

곧이어 종선이 문을 열고 나타났다.

"아우, 여긴 또 왜 왔어?"

엄마는 그녀가 여기 이 공간에 왔다는 것 자체가 찜찜한 듯 보였다.

여기 이 현관 바닥에서 누가 어떻게 되었는지 알면서.

"뭣 하러 이 집에 왔어. 아직도 마음 불편한 거 있어?"

그런 엄마를 안심시키고자, 승언은 고개를 마구 흔들었다.

"아니, 그냥."

"구원이는 미안하게 됐다. 엄마가, 놀래서 그만."

헤어진 그를 예까지 부른 게 미안한 듯, 엄마는 구원의 눈치를 보았다.

그러나 승언은 드디어 내가 바라던 구원을 얻었다는 듯, 그의 품에 얼굴을 묻으며 와락 안겼다.

그가 당황한 건 물론이었다.

"왜 그래?"

"우리, 다시 시작하자."

"어?"

"그냥, 아무 일도 없었던 것처럼, 아니, 아무 일도 없었던 거잖아. 그러니까 새로 시작할 수 있어, 우리."

응? 그게 무슨 소리야?

구원은 어리둥절해하고 있는데,

"울어?"

그의 품이 촉촉이 젖어 들어가기 시작한다.

"아니, 이렇게 좋은데 왜 울어."

우는데, 너? 갑자기 왜 이래?

구원은 저도 모르게 승언의 어깨를 천천히 두드렸다.

저도 모르는 세상, 오랫동안 제 아내를 토닥였던 그 템포와 따스함으로.

"것봐, 내가 부르길 잘했지?"

"피이-"

작은 목소리로 살짝 티격태격하는 엄마와 제언이 바로 그 옆에 있었다.

그녀가 그의 품에서 벗어나 끝없는 감격으로 엄마와 제언의 손을 붙잡았다. 그녀의 소중한 사람들이 여기 있다. 엄마, 제언이, 구원.

바로 이곳, 현관 조명 아래서 끝없는 안도감을 느낀다.

안도감의 이유는 이것이었다. 이제 내게 선택의 기회가 없다는 것. 거울의 세상이, 사라져 버렸다는 것. 그걸로 됐다.

단 하나의 세상에서, 단 한 가지 선택의 길을 걸을 수 있다면, 더 이상 바라는 건 없다.

거울 살인